Esther Vilar:
Rositas Haut
Roman



Deutscher
Taschenbuch
Verlag

dtv

Von Esther Vilar
sind im Deutschen Taschenbuch Verlag erschienen:
Der dressierte Mann (10821)
Die Mathematik der Nina Gluckstein (10878)
Der betörende Glanz der Dummheit (11260)

Ungekürzte Ausgabe
Mai 1992
Deutscher Taschenbuch Verlag GmbH & Co. KG,
München

ISBN 3-423-19369-9
Umschlaggestaltung: Celestino Piatti
Umschlagbild: Dietrich Ebert
Satz: IBV Satz- und Datentechnik GmbH, Berlin
Gesamtherstellung: C. H. Beck'sche Buchdruckerei,
Nördlingen
Printed in Germany · ISBN 3-423-11601-3

# Erster Teil

God is the concept
by which we measure
our pain

John Lennon

## Das Buch

Ein Mann und eine Frau verbringen einen heißen Tropentag im Bett. Er hat eine Kühlschrankfabrik und eine Familie. Sie heißt Rosita und arbeitet in seiner Firma. Sie ist nicht die erste, die sein Interesse findet, doch sie will sich keinesfalls mit der Rolle einer vorübergehenden Geliebten abfinden. Die beiden sind allerdings nicht alleine in ihrem Liebesnest. Der dritte im Bunde ist ein Mosquito, der auf seine spezielle Art der erotischen Ausstrahlung Rositas ebenso verfällt wie der Kühlschrankfabrikant. Sein Schicksal als Mosquito ist besiegelt, doch da er als Mensch zur Erde zurückkehrt, kann er Rositas Geschichte erzählen. »Man staune: ... eine neue Esther Vilar, die mit der aggressiven Anwältin der Männer nichts mehr gemein hat. In ihrem bissig-intelligenten Roman zieht ein Mann den kürzeren, doch die letzte Zeche bezahlt er nicht.« (Anne Uhde in der ›Welt‹)

## Die Autorin

Esther Vilar wurde am 16. September 1935 als Kind deutscher Emigranten in Buenos Aires geboren. Sie studierte Medizin und Soziologie und arbeitete u. a. als Ärztin. Mit jedem ihrer Bücher und Theaterstücke hat sie Aufsehen erregt, nicht zuletzt mit der bissigen Polemik ›Der dressierte Mann‹ und dem Theaterstück ›Antrittsrede der amerikanischen Päpstin‹. Sie lebt in Zürich.

## Vorsichtsregeln für die Landung auf Personen

1.
*Nimm dir Zeit für den Anflug*

Das Blut deiner Beute schmeckt vielleicht ganz anders, als du dir's bei ihrem Anblick erträumst – im Fall einer Enttäuschung hast du dann wenigstens die Vorfreude genossen.

2.
*Wähle deinen Landeplatz mit Bedacht*

Sicherheit geht vor Sinnlichkeit – was immer sie sagen, es gibt keinen Genuß, der es wert ist, daß man dafür mit dem Leben bezahlt.

3.
*Taste mit Vorsicht, steche mit Umsicht, sauge mit Rücksicht*

Das Blut deiner Beute schmeckt in jeder Tiefe gleich – je weniger du in sie eindringst, desto länger läßt sie dich bleiben.

4.
*Flieg nicht in Ohren*

Gehörgänge sind tödliche Fallen – der Schmerz deiner Beute wäre hier so höllisch, daß jeder Stich dein letzter wäre. Außerdem bist du ein Mosquito und kein Sadist.

5.
## *Hüte dich vor Gefühlen*

Je besser du die Menschen kennenlernst, desto genauer weißt du, daß es sich um niedere Wesen handelt – ein Tier, das sich in einen Menschen verliebt, begeht daher die schwerste aller moralischen Verfehlungen und kommt zur Strafe noch einmal als Mensch auf die Welt zurück.

# 1

Telefon. Damit hat es angefangen, ja. Ich meine natürlich den interessanteren Teil. Was vorher war, ist weder besonders komisch, beängstigend oder gar erotisch gewesen. Und ohne zumindest eines dieser Elemente ist jede Geschichte langweilig. Für den, der sie sich anhören muß, meine ich. In diesem Fall für Sie.

Sie möchten mir jetzt zunächst ein paar Fragen stellen, ich weiß. Was das denn für ein Leben gewesen ist mit diesen sechs Beinen? Ob ich lieber geflogen oder gelaufen bin? Wie man das mit den Antennen empfindet? Ob ein Mosquito die menschliche Sprache versteht? Ob er sich vor dem Tod fürchtet? Doch ich schlage vor, daß wir uns das für den Schluß aufsparen. Zuerst das Spezielle, dann das Allgemeine, einverstanden?

Was trinken Sie denn da? War das ein guter Jahrgang? Kellner, noch eine Flasche vom gleichen.

Aber nein, *ich* habe zu danken. Wissen Sie, was jetzt das schlimmste für mich wäre? Wenn Sie sagen würden: Tut mir leid, mein Bester, sosehr mich Ihre Geschichte interessiert, so originell ich Ihre Seelenwanderungsthese finde – morgen um sieben geht meine Maschine nach San Francisco, ich muß ins Bett.

Oder wenn Sie das Thema wechseln würden. Wenn Sie mich zum Beispiel nach meiner Meinung über den New Yorker Bürgermeister fragten. Oder ob ich glaube, daß dieses Hotel sich noch lange halten kann: eine Bar im sechzigsten Stock, aber keine zehn Gäste. Allein die Personalkosten, nicht wahr? Ich meine, wenn Ihnen das lieber ist?

Gut, gut. Aber ich warne Sie: Auch wenn es in dieser Geschichte von Zeit zu Zeit recht sinnenfreudig zugeht, ein bißchen außerhalb des Normalen liegt sie schon. Doch was ist heutzutage schon normal? Ist es vielleicht normal, daß im sechzigsten Stockwerk die Kakerlaken herumspazieren? Neben Ihrem Sessel, rechts... Nicht einmal bei uns in Südamerika käme so etwas vor. In einer Lokalität dieser Größenordnung, will ich sagen... Oder dieser Kellner mit den grün gefärbten Haaren: In jedem anderen Land wäre so einer längst hinter Anstaltsmauern, das schwöre ich Ihnen.

Oder nehmen Sie dieses Lichtermeer da draußen: Ich meine, was ist normal an einem Wolkenkratzer? An einer ganzen Stadt voll, besser gesagt. Ich kann mir nicht helfen, aber irgendwie erscheint mir meine Geschichte bei aller Ausgefallenheit weniger unglaubwürdig als diese Aussicht.

Vielen Dank, junger Mann.

Also, worauf wollen wir denn trinken?

Welchen Kellner meinen Sie, unseren? Welches Tier der gewesen ist?

Schauen Sie ihn doch an!

Ausgezeichnet. Nur fürs Geschlecht würde ich meine Hand nicht ins Feuer legen: Es könnte sich auch um eine ehemalige Katze handeln. Doch ansonsten stimmt Ihre Diagnose: Dieser Mann ist in seinem früheren Leben entweder ein Kater oder eine Katze gewesen. Glauben Sie mir, mein Freund: Es gibt keinen Menschen, in dem Sie nach diesem Abend nicht das ehemalige Tier erkennen. Sie müssen lediglich Ihre Sehgewohnheiten ändern.

Bei mir? Woran man merkt, daß ich ein Insekt gewesen bin? Nun, an meiner Schädelform zum Beispiel. An der Position meiner Augen. Oder da, schauen Sie sich meine Hände an: Mosquitofinger, habe ich recht?

Daß ich nicht lache: Natürlich waren Sie auch ein Tier – ein ziemlich ausgefallenes sogar! Nein, das verrate ich Ihnen nicht. Aber bevor Sie nachher ins Bett gehen, sollten

## 2

Das Telefon, eben. Seltsam, sage ich mir beim dritten Mal: Wochenlang ruft keiner an, und an einem beliebigen Mittag kommen gleich drei Anrufe hintereinander. Aber das hat nichts zu bedeuten. Vor allem darfst du dir nicht wünschen, daß es etwas zu bedeuten hat, dann ist es vielleicht wirklich ein Zeichen gewesen. Wünsch dir was anderes, schnell!

Ich sehe mich um. Natürlich haben die es auch gehört, die Kollegen. Elf noch, immerhin. Und alle hängen sie an der Decke. Ich hänge auch, aber etwas tiefer, an einem der hölzernen Ventilatorblätter, noch in der Katastrophe originell. Und selbstverständlich tut jeder, als wäre er allein in diesem Zimmer. Der Abstand zum nächsten wie zufällig, mal größer, mal kleiner. Wie soll man Distanz wahren zu jemandem, den man angeblich gar nicht bemerkt? Die Arroganz der Mosquitos, auch davon gäbe es ein Lied zu singen… Und drunten, auf dem Steinboden, die ausgemergelten Leiber unserer verhungerten Kumpane.

Was ist das jetzt wieder für ein Geräusch? Warte, sage ich mir. Nein. Aber so warte doch! Und ob das ein Auto ist. Und zwar kommt es näher!

Aber du darfst es dir nicht wünschen. Nur wenn du dir's *nicht* wünschst, wird es eventuell halten. Denk an was anderes. Sofort an was anderes denken, ja?

Das Auto hält. Es hat gehalten. Das Rezept hat also wieder einmal funktioniert! Aber nicht zu früh freuen jetzt: Du weißt doch, was sonst passiert!

Ich schaue hinauf: Keiner von denen hat auch nur eins seiner dürren Beine bewegt. Aber ich weiß, was die jetzt denken: Und wenn das der Mann wäre? Vielleicht sogar mit

Sie einmal einen Blick in den Spiegel werfen. Nach dieser Geschichte merken Sie es sofort.

Zum Wohl! Auf Ihr tierisches Vorleben!

Also gut, dann trinken wir eben auf die acht Millionen New Yorker, einverstanden?

*Salud!*

der Frau? Und dann wären ja auch die Kinder dabei: Ist sie je ohne die beiden Kinder gekommen?

Kinderblut, das ist für diese Sippschaft das Höchste. Nicht genug kriegen sie davon. Je jünger, desto besser. Mein Glück, denn so habe ich die Frau oft für mich allein gehabt. Und auch wenn sie nie ohne diese langärmeligen rosa Nachthemden neben dem Mann gelegen ist (»Nur bis wir das Mosquitonetz haben«) – eine Nacht auf ihrem Doppelkinn, den fülligen Ohrläppchen ... Ich mag Frauen nun einmal lieber.

Natürlich würde ich in meinem jetzigen Zustand jeden nehmen. Sogar das süßliche Blut eines Säuglings wäre mir weiß Gott willkommen!

Warum steigt keiner aus! Eines dieser Pärchen? Aber bei der Hitze, am hellichten Tag?

Ich spüre, wie auch die anderen jetzt den Atem anhalten. Denn wenn das ein Liebespaar wäre, müßte man handeln: Nochmals zum Fenster hinüberfliegen, nachsehen, ob in diesem verdammten Neubau nicht vielleicht doch irgendwo eine Ritze ist. Und falls man dank einem Wunder eine fände, müßte man mit allen Mitteln versuchen, über das Bananenfeld hinweg den kleinen Parkplatz zu erreichen.

Aber keiner rührt sich.

Nicht in diesem Zustand, sagt man sich. Nicht bei der Hitze: Das wäre dein Tod!

Aber vielleicht sollte man's gerade deswegen riskieren, und zwar sofort? Denn wenn, dann müßte man ja unter den ersten sein, wie damals. Das ist allerdings abends gewesen, an einem Wochenende voller leichtgekleideter Menschen: Man hatte Appetit, aber man war nicht ausgehungert. Und das ist bekanntlich das einzige Mittel, wie man etwas bekommt: Wenn man es eigentlich gar nicht bräuchte. Wenn man es sich nicht von ganzem Herzen gewünscht hat. Nicht wahr?

Doch damals ist es auch so gewesen. Ein Auto hält auf dem Parkplatz, und mehr aus Langeweile fliege ich augenblicklich hin: Zwei Leutchen im Badezeug, blutjung (aber eben nicht zu jung!), bereits selig ineinander verschlungen. Bei offenen Autofenstern, man glaubt es kaum.

Ich fliege hinein, stürze mich ohne jede Anstandsrunde auf die hellen Schulterblätter des Mädchens und erreiche augenblicklich mein Ziel.

»Ein Mosquito«, schreit sie, »die Scheiben hoch, schnell!«

Aber ich bin ja schon drin!

Licht können sie nicht brauchen, dafür sind an diesem Abend zu viele Leute am Strand. Und wenn sie die Tür aufgemacht hätten, um mich hinauszujagen, wären nur noch mehr von uns gekommen.

Ich mache also weiter, jetzt ganz ohne Gier. Probiere beim einen, beim anderen, mal da, mal dort. Und natürlich ist mir auch hier das Mädchen schließlich lieber.

Als sie noch mal aufschreit, lacht der Junge sie aus: »Du mußt ihn saugen lassen! Erst wenn er satt ist, haben wir unsere Ruhe.«

Was soll ich Ihnen sagen: Es ist die bis dahin herrlichste Nacht meines so bedauerlich kurzen Lebens als Stechmücke geworden. Drinnen wir drei, draußen mehr und mehr von den andern. Wie zufällig an den Scheiben hängend. Krank vor Neid.

## 3

Nein, das ist keine Halluzination gewesen: Das war eine Autotür.

Und dies hier sind Schritte.

Schwere Schritte. Männerschritte. Und zwar in diese Richtung.

Aber jetzt aufgepaßt: Nur wenn du dir's nicht wünschst, hast du eine Chance. Wünsch dir was anderes. Und zwar sofort!

Und wieder wirkt es.

Denn während ich an meinem Ventilatorblatt hänge und mich so ehrlich wie möglich danach sehne, in diesem Zimmer zu verhungern, während ich mir vorstelle, wie herrlich es wäre, ausgedörrt auf diesen Steinboden zu purzeln, wird tatsächlich die Haustür aufgeschlossen.

Jemand geht ins Badezimmer.

In der Küche wird der Kühlschrank geöffnet und wieder zugemacht.

Und schließlich geht die Tür auf, und er ist es: Es ist der Mann!

Nicht nur das: weder Sakko noch Krawatte. Ein Hemd, das ich noch nicht kenne, aus ganz leichtem Stoff, die Ärmel hochgerollt, die Knöpfe über der Brust geöffnet. Die Füße in Mokassins, die ebenfalls neu zu sein scheinen – und zwar ohne Strümpfe!

Gerettet.

Aus den Augenwinkeln sehe ich, wie sie sich fertigmachen. Wie sie wie gelangweilt ihre Werkzeuge richten, ihre Anflugwege planen. Es muß ja aussehen, als käme man aus purem Zufall an der Beute vorbei. Ausgehungert? Doch nicht die!

Während er sich nun mit seinem Taschentuch den Schweiß abwischt, verteile ich im Geiste das Terrain: Hals, Nacken, Gesicht, Hände. Die beginnende Glatze, die in diesen langen Wochen unserer Gefangenschaft vielleicht sogar ein wenig gewachsen ist!... Die Arme dieser Person kommen wegen der starken Behaarung leider nur bedingt in Frage. Der Brustkorb, aus dem gleichen Grund, gar nicht. Und im Gesicht sind auch noch ein paar Quadratzentimeter dieses Oberlippenbartes abzuziehen. Aber auch so würde es für doppelt so viele reichen.

Geduld jetzt, laß sie ruhig erst mal landen. Man kennt die doch, an die Fußknöchel denkt keiner. Dabei sind gerade die hier empfehlenswert. Wie überhaupt die Füße: groß, wie alles an diesem Mann, dabei aber schlank, blaß, dünnhäutig und so unbehaart, als ob sie zu einem anderen Menschen gehörten. Manchmal, wenn ich von der Frau nicht allzu satt gewesen bin, habe ich mit Vergnügen daran herumgemacht. Die Füße und die Gegend um die Augen, die schweren Lider, die bläulich verfärbten dreifachen Augenringe, das ist hier das Interessanteste.

Ich versuch's mit ein paar Schritten auf dem Ventilator, merke erst jetzt, wie geschwächt ich bin. Aber ich bin ja nun in Sicherheit.

Jawohl, sage ich mir, jetzt darfst du dich freuen!

Und natürlich ist das ein Fehler.

Von oben schaue ich zu, wie sich einer nach dem anderen auf ihm niederläßt: das exakte Gegenteil dessen, was *ich* unter Landung verstehe. Und der Lärm, den sie dabei machen!

Er schlägt ein wenig um sich, erwischt tatsächlich einen im Flug. Nicht gerade ein Heldentod.

Aber eigentlich ist dieser Mann nicht empfindlich. Seltsam, es gibt Leute, denen machen wir einfach nichts aus.

Natürlich sind es die, auf die man ohnehin nicht so scharf ist: überall das gleiche Prinzip.

Jetzt zieht er auch noch die Schuhe aus, unfaßbar.

Schüttet den Sand auf die Fliesen.

Mit blanken Füßen wandert er über den Boden, öffnet das Fenster, verstellt die Lamellen der Läden so, daß es hell wird: Ja, jetzt könnte man hinaus, aber wer will das noch?

Vor dem Kleiderschrank stehen seine Füße schließlich still: zwei gedeckte Tische, nur für mich, die Blutstränge breit wie Landebahnen.

Ich hüpfe zum Rand des Ventilatorblattes, mache mich startbereit.

Und verliere vor lauter Aufregung die Besinnung.

## 4

Als ich zu mir komme, ist das Zimmer leer, der Mann verschwunden. Keine Panik, sage ich mir, er ist im Bad, nimmt eine Dusche, das macht er doch nach der Ankunft immer. Und die Schlafzimmertür hat er ja Gott sei Dank offengelassen.

Aber langsam jetzt, langsam. Du gehörst nicht mehr zu den Stärksten, das hast du ja wohl gemerkt.

Ich fliege eine Proberunde um den Ventilator, bin leidlich zufrieden: Wenn ich mir Zeit lasse, könnte es gehen. Und so groß ist dieses Ferienhaus ja auch wieder nicht.

Aber im Bad ist niemand, auch nicht im Kinderzimmer. In der Küche steht eine leere Bierdose auf dem Tisch, und im Wohnzimmer liegen wie immer diese fürchterlichen Schonbezüge auf den Sesseln: »Rosa ist empfindlich! Auch wenn man die Vorhänge noch so gut schließt, das Licht geht eben doch an die Farbe.« Die Frau. So redet sie. Und in der Regel seufzt sie noch ein bißchen.

Auf Konkurrenten treffe ich nirgends. Kein Wunder. Auch wenn wir uns offiziell gar nicht zur Kenntnis nehmen, wir hocken immer im gleichen Raum. Dem dunkelsten, kühlsten – das Schlafzimmer in diesem Fall, da es nur hier Fensterläden gibt. Daß es uns einmal zum Kerker werden könnte, war nicht vorauszusehen. Eines der Kinder hatte bei der Abreise im letzten Augenblick die Tür zugemacht und damit in aller Unschuld das große Sterben eingeläutet.

Mit letzter Kraft erreiche ich den Ventilator. Und diesmal bemerken sie mich tatsächlich nicht.

Pack! Schon an der Art, wie sie hängen, erkennt man den Verdauungsschläfer. Die Leiber dreimal so groß wie vorher, vom Blut des Mannes wie verdunkelt.

Und alle hängen sie an der Wand hinter dem Doppelbett. Was für ein Zufall, nicht wahr?

*Bodycount.* Ich zähle nach: Zwei hat es also doch noch erwischt. Ich habe sie auch bald gefunden. Vor der Schranktür liegt sein verschwitztes Hemd – am Kragen, in einer Blutlache, der zerquetschte Leichnam eines Kumpans.

Den zweiten entdecke ich am Ankleidespiegel, eine breiige Masse, aus der ein paar verschmierte Glieder ragen. Gibt es noch andere Wesen, die bei jeder Mahlzeit mit dem Leben spielen?

Aber wenigstens waren die satt, und ich verrecke hier mit leerem Magen!

Geschieht dir recht, denke ich matt: Zeit deines Lebens wolltest du was Besonderes sein, jetzt bist du's. Die Anstrengung hat mich ausgelaugt, ich spüre, wie mich der Schlaf übermannt. Für immer, wie ich meine.

# 5

Und dann weckt mich zum zweiten Mal ein Auto.

Diesmal muß ich mir nicht sagen, daß ich mir nichts wünschen darf. Ich wünsche mir sowieso nichts mehr, möchte nur noch schlafen.

Erst als sie ins Zimmer kommen, wache ich wieder auf. Ich spreche in der Mehrzahl, jawohl: der Mann und die Frau. Nicht *die* Frau, eine andere. Eine junge. Blonde. Strahlende.

Das wird ein Traum sein, sage ich mir. Der Hunger. Du bist im Delirium.

Doch dann bleibt sie direkt unter mir stehen, reißt sich das verschwitzte gelbe Leibchen vom Körper: »Schwimmen! Ich muß ins Wasser, sofort!«

Auch die Stimme ist anders als die der anderen. Wie auf Schmetterlingsflügeln wird sie mir zum Ventilator heraufgetragen.

Der Mann, der auf dem Bettrand sitzt, schaut zu ihr hin. Hundeaugen, denke ich. Bulldoggenaugen in einem Bulldoggenschädel... Er steht auf, kommt zu ihr herüber, legt seine großen Hände auf ihre Brüste: »Später.«

Sie wehrt sich ein bißchen, lacht: »Aber ich bin doch ganz verschwitzt! Außerdem bin ich am verdursten, Tatsache! Könnt' ich nicht wenigstens was zu trinken...«

»Später.«

Die paar Schritte bis zum Bett wird sie getragen.

»Aber was machst du denn da?«

»Wirst du gleich sehen.«

Er streift ihr die abgetretenen Sandalen von den Füßen, öffnet den Reißverschluß ihrer Jeanshose, zieht sie ihr über endlose Beine herunter.

Ihr Höschen ist schwarz und aus Spitzen, die Haare auf ihrem Hügel so blond wie die auf ihrem Kopf.

Auch die Armbanduhr nimmt er ihr ab, die Armreifchen, die Ohrenclips. An ihrem goldenen Kettchen schiebt er das kleine Kreuz zur Seite, damit sie ganz nackt ist.

# 6

Ich?

Nun, ich habe ihnen zugeschaut, fassungslos.

Heute weiß ich natürlich, daß es schönere Frauen gibt als die, die damals zu mir in dieses Zimmer kam. Auch eine Spur von Vulgarität ist mir im nachhinein bewußt geworden. Ganz abgesehen von einer unübersehbaren Charakterschwäche: Von den Tricks, mit denen sie an jenem Nachmittag spielte, ging dann einer sogar auf meine Kosten.

Doch die lange Zeit der Entbehrung, die dieser Begegnung vorausgegangen war, hatte mich unfähig zu jeder kritischen Distanz gemacht. Die Bereitschaft, diesem blonden Mädchen zu verfallen, war von Anfang an da. Und sie war grenzenlos.

Aber ist es sonst soviel anders? Wer auch nur etwas Selbstironie besitzt, wird zugeben, daß man sich zu Beginn eines großen Gefühls immer in einem Zustand verminderter Widerstandskraft befindet. Die Zufälligkeit, mit der unsere oft so schicksalhaften Liebesgeschichten entstehen, hat etwas Erschreckendes, finden Sie nicht?

Die Unverbindlichkeit der Leidenschaft, auch das wäre ein Thema, jawohl. Und bei mir ist es ja das erste Mal gewesen, meine erste Liebe.

Denn auch wenn mir das noch nicht bewußt war, eine Liebe war's sofort. Noch während ich nun von meinem Ventilatorblatt auf dieses Mädchen, diese Frau, hinunterstarre, bekommt nämlich alles einen Sinn: warum ich geboren wurde, und zwar ausgerechnet als dieses Tier in dieser spießigen Wochenendsiedlung unter Palmen. Warum ich vor ein paar Monaten unter all den scheußlichen Neubauten an dieser Küste ausgerechnet dieses Haus gewählt habe, in dieses Zimmer geflogen bin. Warum ich hier so leiden mußte. Das alles ist geschehen, damit ich mir den Anblick dieses vollendeten Körpers verdiente.

Lang, glatt, weiß.

Wie von sicherer Hand mit einem einzigen schwungvollen Hieb erschaffen.

Von jemandem, an dessen Existenz man ab sofort nicht mehr zu zweifeln wagt.

Dem Mann ergeht es aber offenbar nicht viel anders. Denn während er sich nun selber auszieht – sein frisch gewechseltes Hemd ist schon wieder durchnäßt –, blickt er wie geblendet auf diese schimmernde Landschaft auf seinem Wochenend-Ehebett. Und als er dann seine großen Hände über ihre weißen Täler und Hügel gleiten läßt, tut er es mit der Aufmerksamkeit eines Schülers in einer Schulstunde der Begierden.

Ihr Gesicht ist dabei dem Ventilator zugewandt: Man könnte meinen, daß ich es bin, den ihre dunklen Augen suchen.

»Wie schön du bist«, sagt der Mann.

Und *ich* bin's, zu dem sie herauflächelt!

Doch schon legen sich die Pranken des anderen selbstbewußt um ihre Hüften. Sein Mund senkt sich auf ihren perfekten Hals, gleitet zu ihrer herrlichen rechten Schulter, folgt, nun immer begehrlicher, der vollendeten Linie ihres rechten Schlüsselbeins.

Als er bei ihren Brüsten ist, schließt das schöne Mädchen wie erschöpft die Augen: »Komm jetzt«, bittet ihre Schmetterlingsstimme, »komm…«

Und ausgerechnet in diesem Moment läutet wieder einmal das Telefon, und sie erstarrt.

»Falsche Verbindung«, sagt der Mann, die Lippen an ihrer Haut, die Stimme tonlos vor Begehren. Aber die Liebkosungen hat er eingestellt.

»Wie willst du das wissen?«

Erst jetzt bemerke ich den Leberfleck über ihrem rechten Mundwinkel. Reizend!

»Jeder fünfte Anruf in diesem Land ist eine Fehlverbindung. Ich hab's erst heute wieder irgendwo gelesen.«

Trotzdem rühren sie sich nicht. Der Kopf des Mannes liegt auf dem Oberkörper des Mädchens, als wären es ihre Herztöne, auf die er lauscht.

»Und wenn es für dich ist?« fragt sie. Und nach einem Zögern: »Vielleicht deine Frau?«

»Unsinn.«

»Vielleicht hat sie in der Firma angerufen?«

»Kein Mensch weiß, daß ich hier bin.« Er hebt den Kopf. »Du hast es doch keinem gesagt?«

Sie lacht: »Ich?... Ein Nachbar! Vielleicht hat er uns ins Haus gehen sehen? Vielleicht hat er sie angerufen?«

»Vierzehn Tage vor Weihnachten ist hier doch keiner...« Obwohl das Telefon noch immer läutet, senken sich seine Lippen erneut auf ihre Pracht.

Und nun hört auch das Läuten auf.

Aber das Mädchen wirkt zerstreut: »Du kennst doch diese Luisita?«

»Luisita, Luisita...« Seine Stimme klingt ungeduldig.

»Die mit den Löckchen. Sie arbeitet in der Buchhaltung. Nachmittags ist sie manchmal am Telefon...«

»Die mit dem knochigen Hintern?«

»Knochiger Hintern?«

»Ich weiß, wen du meinst. Was ist mit der?«

»Gestern, als ich sie nach dem Omnibusfahrplan gefragt habe, da hat sie so eine komische Bemerkung gemacht. Ob's nicht bequemer wäre, wenn ich gleich mit dir im Auto fahre und so weiter. Es wüßte doch sowieso jeder. Das waren ihre Worte, Tatsache!«

Er lacht: »Wahrscheinlich hat sie uns am Telefon belauscht.«

»Meinst du?«

»Laß sie doch reden. Irgendwann hört sie schon wieder auf.«

Doch das Mädchen ist noch nicht zufrieden: »Sie hat mich auch gewarnt.«

»Vor mir?«

»Du treibst es mit jeder, hat sie gesagt. Die vor mir am Empfang gearbeitet hat, die sei jahrelang deine Geliebte gewesen. Eine mit Apfelbacken, hat sie gesagt, eine Lustige.«

Als er nicht antwortet: »Darum war die Stelle ja frei!«

Und als er noch immer nichts sagt: »Stimmt das? Stimmt es, du hast ihr versprochen, daß du dich scheiden läßt? Hat sie deswegen Tabletten genommen? Hast du sie satt gehabt? Ist sie deshalb geflogen?«

»Geschwätz.«

Die Stimme des Mannes klingt nun sehr ungeduldig. Er hat sich aufgesetzt, seine Hände gleiten von ihren Hüften zu den Brüsten, umschließen sie wie strafend. Von meinem Platz aus kann ich beobachten, wie ihre zarten Spitzen sich verhärten, die seidigen Brustwarzen starren vorwurfsvoll zu ihm hinauf. Ihr selbst scheint es jedoch zu gefallen, denn als er dann nach einer langen Zeit brutal seine Zähne in diesen Blick versenkt, schreit sie vor Lust.

»Schwör mir, daß es bei mir anders ist als bei den andern«, stammelt sie noch.

Doch im Augenblick spricht ohnehin alles dafür; sie kann daher auf die Antwort getrost verzichten.

Ich beschließe zu handeln. Mit Umsicht jedoch – Sicherheit geht vor Sinnlichkeit. Sonst kann es passieren, daß sie mich kriegen, ehe ich auch nur ein einziges Mal von ihr gekostet habe.

Aus zeremoniellen Gründen – zumindest einen kleinen Umweg will ich mir gönnen – fliege ich zunächst zum Fensterrahmen. Erst von dort geht es dann weiter zum Bett, wo ich mich auf dem vergoldeten Gestänge des künftigen Mosquitonetzes abermals ausruhen kann.

Nicht, daß ich es nötig hätte – die bloße Anwesenheit dieses Mädchens hat neue Kraftreserven erschlossen. Seit Tagen habe ich mich nicht mehr so stark gefühlt.

Hier, am Fußende ihres Lagers, bin ich ihr nun schon ganz nah. Ein Hauch von Parfum weht zu mir her, ihre Haut ist so weiß, daß es blendet.

In all ihrer Herrlichkeit liegt sie da, meinen schamlosen Blicken wehrlos ausgeliefert. Die langen Beine, die bei meinem Anflug vom Ventilator noch parallel lagen, sind nun (in Erwartung des anderen, natürlich) leicht gespreizt, die Füße abgewinkelt, auf den Zehen die rotlackierten Nägel wie Blütenblätter leuchtend... Sichere Landeplätze in Hülle und Fülle jedenfalls, ich brauche nur noch zu wählen.

Und schon beginnt mich wieder einmal der Teufel zu reiten. Bevor ich mich auf ihr niederlasse, will ich mehr von ihr sehen!

Ich hebe ab, steuere nach links.

In einer Höhe von dreißig Zentimetern überfliege ich ihren rechten Fußknöchel, folge dem offenbar erst vor Stunden frisch rasierten Schienbein (nichts hasse ich mehr als behaarte Frauenbeine, und hier gibt es nicht einmal Stoppeln!) nach oben.

Bei ihrem Knie, dem rechten, drossele ich die Geschwindigkeit. Die zarte Einbuchtung der Kniekehle läßt mich abermals an sofortige Landung denken: Je mehr ich von dieser Frau sehe, desto begehrenswerter erscheint sie mir. Aber dann fliege ich doch noch weiter.

Ich gehe tiefer, werde langsamer.

In einer Höhe von wenigen Millimetern gleite ich nun beinahe lautlos über ihren rechten Schenkel, unter mir eine Landschaft, deren Schönheit immer überwältigender wird. Die weiße Ebene ihrer Haut, darin die Verästelungen der blauen Flüsse, die ihre Säfte tragen, die runden Krater ihrer Poren im sandfarbenen Gestrüpp ihrer seidigen Härchen, das alles droht mir den Verstand zu nehmen.

Und als dann, noch weiter oben, die Innenseite ihres Schenkels so zart wird, daß nicht einmal mehr ihr Haarflaum gedeiht, die Haut so durchsichtig ist, daß man das Pulsieren ihres Blutes mit bloßem Auge zu sehen vermeint, halte ich es nicht mehr aus.

Abgesehen davon bin ich überzeugt, daß es unmöglich wäre, einen noch schöneren Landeplatz auf dieser Frau zu finden: Wie unschuldig bin ich zu jener Stunde noch gewesen!

## 9

Nein, niemals werde ich diese erste Berührung vergessen. Das erste Einsinken meiner sechs vorschriftsmäßig gespreizten Beine in ihre Pracht. Das elastische Zurückfedern, mit dem ihre junge Haut den Überfall abwehren möchte. Mein abermaliges, nun schon weniger tiefes Versinken. Ihre nochmalige, nun schon mildere Gegenwehr. Die sanfte Mulde, auf die man sich schließlich einigt. Der Duft ihres Parfums und ihres Schweißes über all diesem Auf und Nieder.

Zitternd vor Glück und Begehren, stehe ich schließlich mitten in ihrer Herrlichkeit. Das Pulsieren ihres Blutes ist so deutlich, als ginge es durch meinen eigenen Körper. Ich zähle die harten, kleinen Schläge. Ich muß sie haben, und zwar sofort.

Doch als ich dann mein Werkzeug gegen sie richte, tue ich es zum ersten Mal ohne die übliche Entschlossenheit. *Ihr* weh tun, *sie* verletzen?

Seltsam, nicht wahr? Noch bin ich mir meiner Liebe zu diesem Mädchen nicht im geringsten bewußt, doch mein ganzes Handeln ist bereits davon durchdrungen. Zwischen dem Verlangen, augenblicklich in sie einzudringen, und dem Wunsch, sie zu schonen, wähle ich schließlich einen Kompromiß: Taste mit Vorsicht, steche mit Rücksicht... Jawohl, päpstlicher als der Papst will ich sein. Fast an der Oberfläche werde ich bleiben, mich mit einem Bruchteil meiner Möglichkeiten zufriedengeben.

»Päpstlicher als der Papst?«

Aber nein, das sind Ausdrücke, die ich aus meiner heutigen Sicht gebrauche: Was ein Papst ist, weiß ein Mosquito nicht.

Es sei denn, ein römischer: Die im Vatikan sehen ihn ja. Aber solche Fragen heben wir uns für später auf, nicht wahr?

Was folgt, ist Routine.

Die Untersuchung des Terrains.

Die Wahl der optimalen Einstichstelle.

Unter den in Frage kommenden Poren wähle ich eine der hellsten, nicht zu eng, nicht zu weit. Diese taste ich nun mit den Lippen ab, die ich dann aber nur so weit zurückziehe, daß die Spitze meines Instruments entblößt ist.

Ich setze es an, stoße es mit einem Ruck in sie hinein; aber eben nur jenes kleine Stück weit, das ich mir vorher zugestanden habe. Sie spürt davon ganz bestimmt nichts!

Doch schon beim ersten Tropfen Blut, den ich aus ihrem Leib in den meinen herübersauge, weiß ich, daß alle meine Vorsichtsmaßnahmen umsonst gewesen sind: Nie habe ich etwas genossen, das sich auch nur annähernd mit dem vergleichen läßt, was jetzt so weich und warm in meinen Körper strömt.

Die guten Vorsätze sind vergessen, in meinem Hirn scheint nur ein einziger Gedanke Platz zu haben:

Du mußt tiefer in sie hinein.

Tiefer.

Tiefer.

## 10

Und natürlich schreit sie jetzt auf: »Ein Mosquito!« Bevor sie jedoch zum Schlag ausholen kann, muß sie den Kopf des Mannes zur Seite stoßen. Und nur darum bin ich trotz meines Taumels schneller. Als ihre Hand auf ihren Schenkel prallt, bin ich jedenfalls auf und davon.

Tränen des Schmerzes in den Augen, neigt sie sich über den Ort meines kurzen Glücks.

»Da!« sagt sie zum anderen – so anklagend, als wäre er es gewesen, der sich ihrer dort bemächtigt hat.

Der Mann beugt sich über ihren Schenkel.

»Hier!« sagt sie wütend, als er es nicht gleich findet. »Siehst du nicht, wie es anschwillt?«

Vom Ventilator aus betrachte ich stolz mein Werk der Verheerung. Auf ihrer Ebene ist ein Hügel entstanden, der nun rasch zum Berg anschwillt. Und auch seine Farbe wird schnell anders. Wie von einem winzigen Sonnenaufgang ist er alsbald in rosarotes Licht getaucht.

Mehr belustigt als bewundernd, betastet der andere meine Kreation: »Ein Volltreffer. Und an einem der strategisch interessantesten Punkte. Der Bursche hat Geschmack.«

Der Bursche!

Als das Mädchen seinen Zeigefinger befeuchtet und auf die Wunde legen will, hält er sie zurück. Und schon sind es seine Lippen, die auf ihrem Schenkel liegen, gleitet seine Zunge über den Ort, an dem sie noch vor ein paar Sekunden mir gehörte.

Trotzdem ist sie nicht getröstet: »Ihr habt doch hier sicher einen Insektenspray?«

»Später«, sagt der Mann, meinen Berg verlassend, mit seinen Lippen nun Stück für Stück an ihr hinauf zu eigenen Zielen strebend.

## 11

Am liebsten würde ich mich natürlich nun auch gleich wieder auf sie stürzen. Ihr leises Stöhnen sagt mir, daß sie mich längst vergessen hat. Der obere Teil ihres herrlichen Körpers wäre in dieser Situation gefahrlos zu genießen, zumindest für eine lange Schrecksekunde. Doch ich weiß auch, daß mir solche gestohlenen Glücksmomente nun nicht mehr genügen.

Ich sehe zur Wand.

Noch hängen sie alle dort, zu satt und schläfrig, um an die nächste Mahlzeit zu denken. Aber lang wird's nicht mehr dauern. Und niemals, auch nicht, wenn es mein Leben kostet, werde ich den Körper dieser Frau mit jenem Gesindel teilen.

Ich will sie für mich allein.

Ich will sie ganz.

Und während nun drunten auf dem Bett ihre Seufzer lustvoller werden, plane ich die infamste Tat meines kurzen Stechmückenlebens. Denn auch wenn ich es noch nicht wußte, die Liebe hatte mich gepackt. Die Liebe zu einem niederen Wesen. Der Weg in die Gemeinheit war damit geebnet: Ich war im Begriff, ein Mensch zu werden.

Wenn mich in diesem Stadium einer gewarnt hätte, wenn man mir gesagt hätte: Denk an die fünfte Regel, das kann nicht gutgehen, wach auf! Ich schwöre Ihnen, mein Freund aus San Francisco, es hätte mich nicht abgehalten. Es wäre mir gleichgültig gewesen, jawohl. Schon jetzt.

Und für einmal handle ich kühl und überlegt.

Der Insektenspray: *Sie* hatte mir das Stichwort gegeben.

Ich sehe hin.

Natürlich steht er auf seinem Platz. Auf dem Kleiderschrank, ganz oben, wegen der Kinder: »Auch wenn sie jetzt schon groß sind, Gift gehört nun einmal nicht in Kinderhände!« Kürzlich hat seine Frau das wieder zu ihm gesagt.

Ich muß also nur noch erreichen, daß die beiden sich seiner bedienen.

Als ich mich nun zum zweiten Mal an das Mädchen heranmache, tue ich es mit der Kaltblütigkeit eines Wissenschaftlers. Denn eines steht fest: Wenn meine Strategie Erfolg haben soll, muß ich ihr noch einmal weh tun. Und diesmal muß der Schmerz so groß sein, daß sie sich nicht mehr vom anderen ablenken läßt. Ich fliege eine Orientierungsrunde. So langsam wie möglich, damit das unselige Gesirre wenigstens in Grenzen bleibt: Der wuchtige Körper des Mannes liegt nun schwer auf dem ihren, sie wiederum hält die Arme um ihn geschlungen.

Wo ansetzen?

Die Furche unter den Brüsten wäre eine für diesen speziellen Zweck geeignete Stelle, das weiß ich von meinen Beutezügen auf anderen Frauen. Doch wenn ich versuchte, dahin zu kommen, würde ich zwischen ihren Leibern zermalmt.

Das Ohr?

Nein, sag' ich mir. Auch wenn der Schmerz schließlich gar nicht so schrecklich ist, wie sie sagen – wie oft schon haben sie übertrieben –, sie soll gewiß nicht die erste sein, an der ich das ausprobiere.

Während ich noch zaudere, kommt mir plötzlich der Mann zu Hilfe: Er löst ihre Arme von seinem Rücken, packt mit der Linken ihre beiden Handgelenke, drückt sie ihr über dem Kopf fest auf das Kissen, so daß sie ihm nun wie gefesselt zur Verfügung steht.

»Du tust mir weh!« sagt sie, in einem Tonfall jedoch, der seinen Griff nur noch entschlossener werden läßt. Und auch für mich ist es richtig so: Ihre Achselhöhlen sind mir in dieser Stellung wehrlos ausgeliefert.

Ich nehme mir die rechte, lande auf dem niedersten Punkt ihres frisch rasierten Plateaus, entblöße mein Instrument, warte.

Und als der andere in sie eindringt, tu' ich's auch: hart, grob, gekonnt.

## 13

Ihr Schrei ist herzzerreißend.

Doch wie erwartet, führt der andere ihn auf *seine* Kunst zurück, preßt seine breiten Lippen lustvoll auf die ihren.

Und während sie sich – sowohl gefesselt als auch geknebelt nun – unter ihm windet, steigere ich die Tortur: ziehe mein Werkzeug sanft zurück, um es dann mit voller Wucht erneut in die Wunde hineinzustoßen. Und so wieder und wieder, und jedesmal stöhnt sie vor Schmerz.

Doch ich selber behalte die ganze Zeit die Beherrschung: Keinen einzigen Tropfen darf ich jetzt saugen, das weiß ich, sonst bin ich verloren.

Endlich begreift der andere, daß nicht er es ist, dem ihre Abwehr gilt, und läßt sie los.

Sie schnappt nach Luft: »Dieses Zimmer ist voller Mosquitos, merkst du das nicht?«

Sie spuckt in ihre Hand, drückt sie in die Achselhöhle, aus der ich natürlich längst fort bin: »Bestien sind das! Bestien!«

Und plangemäß beginnt sie sich jetzt umzusehen, entdeckt an der Wand hinter dem Ehebett plangemäß die dösende Verwandtschaft: »Da! Schau! Da hocken sie! Satt und vollgefressen: von mir!«

Der Mann ist mit ergebenem Seufzer aufgestanden – zum ersten Mal fällt mir auf, daß er genauso seufzt wie seine Frau.

Als er einen seiner Schuhe nehmen will, hält das Mädchen ihn zurück: »Doch nicht so! Deine Frau kotzt Regenwürmer, wenn sie die Blutflecken auf der neuen Tapete sieht!«

Richtig.

Sie schaut sich um: »Ist das nicht ein Insektenspray dort oben?«

Perfekt.

## 14

In ihrer ganzen Herrlichkeit steht sie auf dem Bett, die Sprühdose in der Rechten, in den Augen Mordlust. »Mach das Fenster zu, sonst nützt das gar nichts«, kommandiert sie über die Schulter.

Hat die eine Ahnung!

»So, ihr Saubande! Jetzt gehört ihr mir!«

Ganz nah pirscht sie sich an ihr Schlachtfeld, sprüht aus geringster Entfernung.

Acht Stöße, einen für jeden: Sie zählt laut die Gefallenen.

Gnade kennt sie Gott sei Dank nicht.

Von meinem Platz auf dem Ventilator sehe ich sie herunterpurzeln, vom kurzen Schlaf in den langen. Besser als verhungern, sag' ich mir.

Nein, Skrupel habe ich keine: Mein Zweck hat meine Mittel längst geheiligt... Wie? Liebe? Eben. Sie sagen es.

Der andere steht unterdessen am Fenster, folgt mit begehrlichen Blicken seiner – unserer – Beute.

»Noch jemand?«

Sie ist vom Bett gesprungen, inspiziert mit Feldherrenblick die restlichen Wände.

Ich weiß, daß ich auf dem Ventilator gut getarnt bin. Trotzdem, daß ich noch immer hier herumhänge, ist Wahnsinn!

Aber ich kann den Blick genausowenig von ihr wenden wie der Mann: das zerbrechliche Rückgrat, die feine Taille, das pralle Hinterteil mit den beiden Grübchen darüber.

»Warum ist eigentlich dieser Ventilator nicht an?« Sie hebt die Hand mit der Waffe.

»Weil er noch nicht angeschlossen ist. Komm jetzt, du

Amazone. Wenn du so weitermachst, müssen nämlich wir beide auch noch dran glauben.«

Als sie dann wie aus Trotz doch noch eine Giftgirlande durchs Zimmer sprüht, bin ich längst im Flur.

Ich höre ein Kichern, das Scheppern von Metall: »Vorsicht, der Spray!«

Und während dieser langsam über den Steinboden zum Fenster rollt, suche ich mir die größtmögliche Entfernung.

Im Einbauschrank des Kinderzimmers finde ich zwischen Taucherbrillen und Gummiflossen eine Ritze, die mir einigermaßen sicher erscheint. Natürlich kommen die Ausläufer der Giftschwaden schließlich auch in diesen Winkel. Ich spüre bereits, wie mir das Atmen schwerer wird. Und das ist wohl erst der Anfang.

Aber ich bin zufrieden.

Selbst wenn du jetzt die Besinnung verlieren solltest, sage ich mir, der Preis ist nicht zu hoch gewesen: Dein Plan hat funktioniert, du bist der einzige.

Und wenn du aufwachst, wenn du aufwachst...

## 15

Als ich aufwache, ins Schlafzimmer komme, ist es vollkommen dunkel. Aber das liegt nur an der Position der Lamellen, die sie unterdessen verändert haben. Draußen knallt die Sonne wie eh und je, es kann also höchstens früher Nachmittag sein.

Bis ich mich an die Dunkelheit gewöhnt habe, hänge ich am Ventilator.

Natürlich könnte ich sie auch bei schwärzester Nacht finden – das ist ja unsere Spezialität. Auch darin unterscheide ich mich jedoch von der Masse, die von der Kunst der sinnlichen Landung wohl kaum eine Ahnung hat: Noch nie hat es mir genügt, mich bei einer begehrenswerten Frau im Vorbeifliegen zu verköstigen. Ich will Zeit für sie haben. Sie nicht nur betasten, sondern auch sehen.

Das Glitzern der leeren Bierdosen (sie haben also noch getrunken?) ist das erste, was ich ausmachen kann. Und nach und nach werden auch ihre Umrisse deutlich.

Denn auf dem nun unsäglich zerwühlten Bett liegen sie beide: zwei erschöpfte Krieger, mitten auf ihrem Schlachtfeld in Schlaf gefallen.

Wie bei der anderen liegt der Mann auch diesmal auf »seiner« Seite (neben dem Telefon), in Bauchlage, schnarchend. Sein speckiger Rücken trieft vor Schweiß.

Daneben, mit schweißverklebten Haaren, den Mund leicht geöffnet, die Brüste dargeboten, die Beine abgewinkelt – weiß, weiß, weiß –, mein Opfer, meine Beute, mein Labsal: *sie*.

## 16

Wie lang es gedauert hat?

Nein, das könnte ich Ihnen mit dem besten Willen nicht sagen: Nach meinem damaligen Zeitgefühl sind es Tage gewesen. Nach dem jetzigen war es vielleicht nur eine Stunde.

Auch die Einzelheiten möchte ich Ihnen ersparen. Nicht aus Prüderie – so gut werden Sie mich nun wohl kennen. Aber trotz der wundervollen Unbefangenheit, mit der Sie meine Geschichte bisher angehört haben, trotz Ihres unglaublichen Mangels an Vorurteilen würden wohl auch Sie nicht glauben, daß ein kleiner Mosquito zu solcher Raserei fähig ist.

Und selbst wenn Sie es noch nachfühlen könnten, wie sollte ich das, was geschehen ist, jemandem beschreiben, der nicht die geringste Erinnerung an sein tierisches Vorleben hat, ohne daß es himmelschreiend grotesk wirkt?

Nur soviel möchte ich Ihnen sagen, mein kalifornischer Freund: daß an jenem heißen Nachmittag im Dezember jeder, aber auch wirklich jeder meiner erotischen Wunschträume in Erfüllung gegangen ist. Daß es nichts gibt, was ich in jenem verdunkelten Zimmer mit dieser Frau *nicht* gemacht habe.

Und auch, daß sie sich nicht gesträubt hat.

Nicht nennenswert jedenfalls.

Ein Zittern zuweilen, ein leises Seufzen, ein Stöhnen. Ein schlaftrunken-hilfloses Tasten mit der Hand. Jedenfalls hatte ich zu keiner Zeit den Eindruck, daß ich sie mit meiner Leidenschaft *quälte*.

Eher schon das Gegenteil, falls Sie mir diese kleine Eitelkeit gestatten: Als es an der Zeit war, hat sie sich wie selbstverständlich umgedreht, um mir auch die Rückseite ihres Körpers anzubieten.

Und auch dies noch: Für den Bruchteil einer Sekunde pulsierte um mich herum ihr Blut immer wieder wie rasend.

Als ich schließlich von ihr abließ – die Lippen wund, das Werkzeug geschunden, der Leib von ihren Säften auf das Tausendfache geschwollen, wie mir schien –, war ich am Rande einer Ohnmacht.

Wie ich den Rückflug geschafft habe, ist mir heute noch ein Rätsel. Die Flügel wollten mir kaum noch gehorchen, der Ventilator erschien mir fern wie der Mond.

Und als ich endlich an meinem Platz hing, tumb vor Müdigkeit, schwer von ihrem Blut, dachte ich, daß dies der richtige Augenblick zum Sterben sei. Ein größeres Glück als dieses würde es nicht geben. Nie und nirgends. Für keinen.

# Zweiter Teil

# I

Das verfluchte Telefon reißt uns schließlich alle aus dem Schlaf. Ich blinzle hinunter: Sie liegt so, wie ich sie verlassen habe, jetzt allerdings mit offenen Augen. Der andere tastet schlaftrunken zum Hörer.

»Hallo…« Er wartet noch ein wenig, legt auf.

*Weiterschlafen*, denke ich matt.

»Was war denn?«

»Aufgelegt.«

Das Mädchen gähnt: »Und warum hast du abgenommen?«

»Weil ich ein Trottel bin! Ganz automatisch hab' ich die Hand ausgestreckt, im Schlaf!«

»Aber wenn sie's gewesen wäre, hätte sie doch was gesagt?«

»Vielleicht.«

Sie streckt sich genüßlich: »Armes Baby!«

*Schlaft endlich weiter!*

Sie rutscht nun zu ihm hinüber, schmiegt sich an seinen Rücken: »Irgendeiner hat eine falsche Nummer gewählt, ich schwör's!«

»Trotzdem war's blöd. Weil ich mich jetzt das nächste Mal auch wieder melden muß!«

»Wenn's eine falsche Nummer war, ruft er sowieso nicht mehr an…« Ihre Lippen folgen sanft seiner Wirbelsäule. »Dann hat er's kapiert.«

*Genau! Und deswegen können wir jetzt auch alle weiterschlafen!*

Aber nun dreht er sich zu ihr um.

»Tag, Chef«, sie hat sich in seinen Arm geschmiegt.

»Tag, Señorita.«

»Gut geschlafen?«
»Wie ein Stein. Was Neues?«
»Jawohl, Chef, ich liebe Sie.«
»Recht so, weitermachen.«
Sie lachen.

»Wie lange haben wir wohl gepennt?«

Er hat sie wieder zu streicheln begonnen: »Jedenfalls lang genug.«

*Du vielleicht. Aber ich hab's ja wohl bedeutend wilder mit ihr getrieben!*

Sie läßt ihre schönen dunklen Augen durchs Zimmer schweifen: »Wofür sind eigentlich diese Stangen?«

»Welche Stangen?«

»Die goldenen da.«

»Mosquitonetz.«

»Und warum ist keins dran?«

»Sie will's in einer ganz bestimmten Farbe, glaube ich. Anscheinend gibt's da Lieferschwierigkeiten.«

»Welche?«

»Welche was?«

»Welche Farbe?«

»Keine Ahnung. Wieder mal Rosa wahrscheinlich.«

Sie lacht: »Rosa? Ist das dein Ernst?« Und als er nicht antwortet: »Unter einem Mosquitonetz hast du mir's noch nie gemacht.«

*Schön, aber jetzt wird geschlafen!*

»Stimmt das, was du im Auto gesagt hast?« Sie ist es, die keine Ruhe gibt.

»Was hab' ich im Auto gesagt?«

»Daß du heute Geburtstag hast?«

Er nickt.

»Gemein! Ich hätte dir doch was mitgebracht!«

»Alles, was wir brauchen, hast du dabei.« Er legt seine Pranke auf ihren blonden Hügel: »Das da wollte ich zum Geburtstag. Und zwar einen ganzen Tag lang.«

Sie lacht: »Tatsache?«

Er krault ihren Berg:

»Tatsache? Tatsache...?«

*Halt doch endlich den Mund!*

Und wieder ist sie es: »Ich hab' einen Traum gehabt. Einen ganz perversen.«

»Wie hieß der Kerl?«

»Es waren mehrere.«

»Und so was kommt aus der Klosterschule!«

Er gibt ihr einen Klaps.

»...aber es ist hier gewesen, in diesem Raum. Das weiß ich deswegen so genau, weil dieser Ventilator da oben war. Irgendwie bin ich krank gewesen... In diesem Bett. Aber als sie dann gekommen sind, warst du nicht dabei.«

»Wer ist gekommen?«

»Männer. Krankenpfleger, nehm' ich an, fünf Stück. Sie waren alle gleich angezogen, brachten eine Bahre. Aber ich wehre mich, ich will nicht ins Krankenhaus. Und auf einmal haben sie alle Spritzen. Große Spritzen. So groß wie Weinflaschen, verstehst du?«

Er lacht: »Und ob!«

»Sie stellen sich hintereinander auf. So wie bei uns am Empfang, wenn viel los ist. Der jeweils Vorderste rennt seine Nadel in mich rein und stellt sich dann wieder hinten in die Reihe. Und weißt du, was?«

»Was?«

»Es hat mir gefallen!«

»Weiter.«

»Das war's.«

»Schwindlerin, den interessantesten Teil unterschlägst du.«

»Das war's, Tatsache!... Aber ich kann dir sagen, woher's kommt. In der Klinik, in der meine Mutter Krankenschwester ist, CORAZÓN DE JESÚS, da hat's kürzlich so einen Fall gegeben. Ein paar Medizinstudenten haben es während der Nachtschicht mit einer Patientin so gemacht. Ein ganz junges Ding, sagt meine Mutter, eine vom Land. Die Typen haben ihr eine Betäubungsspritze verpaßt. Vorher, meine ich.»

»Wie ist's denn rausgekommen?«

»Die Nachtschwester.«

»Und?«

»Du weißt doch, wie so was läuft. Der Vater von einem der Studenten hat sie bestochen. Ein Staatsanwalt auch noch.«

»Wen hat er bestochen?«

»Beide natürlich, die Patientin und die Schwester. Mit einer lächerlichen Summe. Dabei hätten die ein Vermögen rausholen können, sagt meine Mutter.«

Der Mann legt ihr die Tatze aufs Kreuz, drückt sie zu sich her: »Vielleicht hat sie's genossen?«

»Dir ist wohl eine Ananas aufs Hirn geplatscht?«

»So ein Mädchen vom Land, die erlebt doch sonst nicht soviel!«

»Dir haben sie wohl die Kokosnuß wegradiert?«

»Du hast's doch auch genossen.« Sein Griff wird fester: »Oder...?«

Jetzt fallen mir endgültig die Augen zu.

3

Und wieder läutet das Telefon.

*Verdammter Mist*, denke ich.

»Verdammter Mist«, sagt das Mädchen. »Warum ziehen wir nicht einfach den Stecker raus?«

»Das hätten wir vorher tun müssen.«

»Dann mach's doch wie in der Firma! Schnauz ihn an!«

Der Mann stützt sich auf den Ellbogen, streckt die Hand nach dem Hörer aus: »Und wenn sie's doch ist?«

»Dann sagst du eben, daß du allein bist. Daß du arbeiten wolltest und so weiter. Nachdenken!« Sie lacht: »Über die Zukunft der Kühlschrankindustrie! Die Größe des Butterfachs!«

»An meinem Geburtstag, jawohl.«

»Besser, als wenn sie herkommt.«

Und als er trotzdem noch zögert: »Du hast doch nicht Schiß vor ihr?«

»Hallo!« Die Stimme des Mannes klingt verärgert. Künstlich verärgert, wie ich heute, da ich ebenfalls zu solchen Einschüchterungstaktiken greife, weiß. »Du bist's, ach so. Bist du das vorhin auch gewesen? Warum hast du nicht geantwortet? Was heißt denn das jetzt wieder: Zuerst rufst du mich an, und wenn ich da bin, bist du dermaßen überrascht, daß es dir die Sprache verschlägt?«

Er dreht sich um: Das Mädchen hat ihn am Arm berührt und fragt mit einer Geste, ob es hinausgehen solle.

Er schüttelt den Kopf.

»Wie du merkst! Geschlafen. Ich hab' mich ein Stündchen hingelegt, jawohl. Diese Hitze und dann noch der Verkehr. Passiert mir nie wieder! Daß ich mitten in der Woche rausfahre, das passiert mir nie wieder, hab' ich gesagt.«

Wieder wendet er den Kopf. Diesmal, um ihr zuzublinzeln. Sie lächelt zurück.

»Ach! Muß ich mir da erst eine schriftliche Genehmigung holen? Arbeiten, was denn sonst! Also, ich an deiner Stelle würde jetzt nicht so lachen! An meinem Geburtstag, jawohl, ob du's glaubst oder nicht! Weil ich endlich mal in Ruhe nachdenken will, und das geht in diesem Irrenhaus ja nicht. Das war einer der Gründe, warum ich dieses Haus gekauft habe, oder? Aber wenn ich mir jedesmal eine Genehmigung... Natürlich bin ich zum Abendessen daheim, so war's doch ausgemacht.«

»Wie? Was?« Er beginnt zu lachen: »Also jetzt mal langsam. *Wer* hat das gesagt?« Er setzt sich auf den Bettrand: »Klar, muß ich da lachen. Also gut, du hast also einen anonymen Anruf bekommen. Brünett oder rothaarig? Mit einer Blondine, so!«

Er steht auf, beginnt mit dem Apparat in der Hand neben dem Bett auf und ab zu wandern.

Das Mädchen läßt ihn nicht aus den Augen.

»Ein anonymer Anruf! Etwas Originelleres ist dir diesmal nicht eingefallen? Dann sag' ich dir's jetzt zum tausendsten Mal: Deine Eifersucht ist krankhaft! Also schön, was hat sie dir erzählt, aber rasch! Wo sind eigentlich die Kinder? Ich meine, sitzen die zufällig neben dem Apparat? Also los dann, sprich: Mit wem soll ich hiersein? Kenn' ich nicht. Kenn' ich nicht. Nein, wir haben hundertdreißig weibliche Arbeitnehmer in der Firma. Den Namen hat sie dir nicht zufällig verraten, deine Frau Ypsilon?«

Er ist unter dem Ventilator stehengeblieben. Obwohl er nackt ist, rinnt ihm der Schweiß über den Rücken.

»Am Empfang, aha!«

Er blickt nun rasch zum Mädchen hin, das sich bekreuzigt.

»Da sind bei uns aber mindestens drei Damen beschäftigt, am Empfang. Mit einer was? Nein, mit einer Entenfrisur haben wir niemanden! Wie frisieren die sich eigentlich? Ich meine die Enten: Wie frisieren die sich…?«

Er wischt sich mit dem Handrücken die Rinnsale von der Stirn.

»Ach so, du meinst wahrscheinlich die Neue. Eine mit ganz kurzen Haaren, eine Blonde? So genau hab' ich nicht hingeschaut. Also ich hätte die für eine echte Blondine gehalten. Woher weißt du das eigentlich? Ich meine, wenn du sie angeblich gar nicht kennst, wie weißt du dann, daß sie sich die Haare färbt? Da habt ihr wohl lange geplaudert, du und deine Madame X?«

Er zerrt ungeduldig am Telefonkabel, das sich in einer Rosette der Mosquitonetzstange verfangen hat.

»Nein, aber jetzt hör mir mal gut zu, mein Schatz: Wenn's die ist, die *ich* meine, dann ist die halbe Firma auf die scharf. Und du weißt ja wohl selber, wie neidisch die lieben Kolleginnen da werden. Woher soll *ich* das wissen? *Du* bist doch die, die jede Stimme erkennt? Aber ich mach' dir einen Vorschlag: Morgen früh lass' ich dich mit allen unseren Damen verbinden, und sobald du dein Fräulein X gefunden hast, schmeiß' ich es raus, zufrieden?«

»Wer? Ich? Aber klar find' ich sie attraktiv, das wird doch wohl noch erlaubt sein? Gut gebaut, da sind wir uns einig…«

Er sieht nun erstmals wieder zu ihr hin, sie zieht sich trotzig das Leintuch bis zum Kinn.

»Es soll da einen Großhändler geben, der jeden Tag höchstpersönlich eine Bestellung bei uns macht, nur um die einen Augenblick anzuhimmeln. Ein Dutzend wie die, und wir könnten uns die ganze Werbeabteilung sparen! Jawohl, ausgerechnet einen wie mich wird die wollen, einen Familienvater mit Bauch und Glatze! Schluß jetzt, du weißt ja nicht mehr, was du redest. Ich habe gesagt, jetzt ist Schluß! Ich habe zu tun, verstanden? Ich bin nämlich zum Arbeiten hergekommen!«

# 4

Er hat danach den Apparat mit solcher Wucht auf den Nachttisch geknallt, daß es ein Wunder war, als dieser beim nächsten Anruf – dem fatalen – überhaupt noch funktionierte. Auf so groteske Weise entscheidet sich unser Schicksal: Irgendein Fabrikant liefert ausnahmsweise einmal gewissenhafte Arbeit, und wie zur Belohnung nimmt das Unglück seines Kunden den schlimmstmöglichen Verlauf. Aber auch das habe ich mir natürlich erst zusammenphilosophiert, als ich später als Mensch über die oft so widersinnigen Folgen von Gut und Böse nachzudenken begann. Damals bin ich nichts als eine etwas übertrieben abergläubische Stechmücke gewesen.

Er läßt sich neben ihr aufs Bett fallen: »Diese Sau! Diese Hündin! Diese Ratte!«

Wenn ein Mensch einen anderen beleidigen will, vergleicht er ihn immer mit einem Tier. Haben Sie je gehört, daß ein Autofahrer »Sie Mensch!« aus dem Fenster brüllt? Auf die schlimmste Beleidigung kommt von denen keiner!

»Deine Frau?«

Seine Wut richtet sich nun gegen sie: »Bist du vielleicht taub? Du hast doch gehört, daß irgend so ein Dreckschwein sie informiert hat. Man hat ihr eine exakte Beschreibung von dir geliefert. Sogar daß du dir die Haare färbst, hat sie gewußt.«

»Luisita!«

»Was?«

»Die aus der Buchhaltung, ich hab' dir's doch erzählt!«

»Morgen früh fliegt sie.«

Er verschränkt die Arme hinter dem Bulldoggenschädel. Der Blick, mit dem er heraufschaut, ist so wütend, als säße diese Luisita neben mir auf dem Ventilator.

Das Mädchen rutscht mitsamt seinem Laken zu ihm hin, läßt die Lippen küßchengebend über seinen behaarten Brustkorb gleiten: »Und wenn sie's doch nicht gewesen ist?«

»Irgendeine muß es ja wohl gewesen sein!«

»Irgendeine. Dann kann's genausogut eine andere gewesen sein.«

»Ach was, ich kenn' doch diese Art Weiber. Kein Busen, kein Arsch. Und dann kommt so was wie das!«

Sie drückt sich an ihn.

»Was kommt dann? Ich versteh' dich nicht...?«

Er zieht seine Pranke unter dem Kopf hervor, schiebt sie ihr unters Laken: »So was wie das.«

Ich sehe, wie sich ihre Hüften bewegen: »Aber was meinst du denn...? Ich versteh' nicht...?«

Er zieht ihr mit einem Ruck das Bettlaken weg: »So was wie das!«

# 5

Der Kuß dauert eine Mosquitoewigkeit.

»Eine falsche Blondine also«, sagt er, als er sie endlich nach Luft schnappen läßt.

Sie faßt sich schuldbewußt an die Haare: »Hast du geglaubt, daß die echt sind? Tatsache?«

Er zupft an ihrem blonden Hügel: »Die sind ja auch blond. Also muß sie wohl oder übel eine Echte sein, hab' ich mir gesagt.«

»Aber die kann man doch auch färben.«

»Wie soll ein Mensch denn auf so was kommen? Bei einer Klosterschülerin!«

»Eine Freundin hat mir's gezeigt.«

»Schöne Freundinnen hast du.«

»Sie arbeitet in einem Friseursalon. Eigentlich wollte sie Stewardeß werden, aber dann hat sie bloß bei einem Friseur was gekriegt. Ist aber ganz schön gefährlich!«

»Kann ich mir denken.«

Sie lacht: »Esel! Ich rede doch vom Färben! Du mußt irre vorsichtig sein, wenn du da unten was machst.«

»Also, hör zu...« Sie hat sich aufgesetzt: »Als erstes legst du da ein Stück Watte rein...«

»Wo?«

»Hier.«

»Hier?«

Sie kichert: »Steinesel! Dann ein Stück Plastikfolie. Eine mit kleinen Löchern, wie man sie für Strähnchen verwendet. Und mit der deckst du das ganze Gebiet ab.«

»Welches Gebiet?«

»Dieses.«

»Dieses?«

»Genau. Und dann schnappst du dir eine Häkelnadel…«

»Eine *Häkelnadel*?«

»Größe neun, wenn du's genau wissen willst. Und mit der ziehst du die Härchen durch die Löcher in der Folie. Wenn du damit fertig bist, kannst du mit dem Entfärben beginnen.«

»Dem *Ent*färben?«

»Bevor die Haare die helle Farbe annehmen, muß ja erst die dunkle raus, oder? Wir brauchen jedesmal einen halben Sonntag.«

»Kann ich da mal zuschaun?«

Sie schlägt ihm lachend auf die Finger: »Nein!«

»Ist deine Freundin auch so gut gebaut?«

»Sag' ich dir nicht.«

»Blond?«

»Wo?«

»Da.«

Sie kichert: »Das letzte Mal hat sie sich die französische Fahne eingefärbt.«

»Da unten?«

»Blau, weiß, rot, Tatsache! Ich bin fast gestorben! Das Gesicht von dem Kerl möchte ich sehen, hab' ich gesagt… Dabei hat sie im Augenblick gar keinen!«

»Wofür braucht sie dann eine Flagge auf ihrem Berg?«

»Bereit sein ist alles. Ich war ja auch vorbereitet, oder?«

»Kann man wohl sagen. Für eine sogenannte Jungfrau warst du sogar erstaunlich gut vorbereitet.«

Sie lächelt triumphierend.

Ich strecke die Beine, putze die Flügel. Mit dem Schlafen ist es wohl endgültig vorbei.

# 6

»Was denkst du?«

»Daß es eine solche Haut nur einmal gibt...« Seine Hand gleitet über ihren Arm, als er das sagt.

Sie lacht: »In der ganzen Firma?«

»Auf der ganzen Welt.«

»Darf ich da erst noch ein paar andere fragen?«

Er schüttelt den Kopf.

»Was würdest du denn machen? Würdest du sie umbringen?«

»Jeden, der dich da anfaßt. Oder da. Oder da...«

Erst später – als ich darüber nachdachte, wie tief seine Gefühle für jenes schöne Mädchen gewesen sein mochten – ist mir aufgefallen, wie traurig seine Stimme dabei war. So traurig, daß auch sie nun nicht mehr lachte.

Er hat sie geliebt, kein Zweifel.

Und sie wußte es, kannte ihre Macht.

»Wo ist eigentlich das Kettchen?«

Sie faßt sich an den Hals.

»Ich meine das da...« Er hebt ihr anklagend ihr rechtes Bein entgegen.

»Das Fußkettchen!«

»Das Fußkettchen!« äfft er sie nach.

»*Du* hast doch gesagt, daß ich's nicht mehr anziehen soll. Weil es den Arbeitsfrieden stört, hast du gesagt.«

»Na und? Sind wir hier vielleicht bei der Arbeit? Sind wir hier bei der Arbeit, Señorita...?« Er kitzelt sie an der Fußsohle.

»Hilfe!«

»Ihre Antwort, Señorita...«

»Aufhören! Hilfe! Er bringt mich um!«

Und als er schließlich erbarmungsvoll einen ihrer rotlackierten Zehen zwischen die Lippen nimmt: »Ja, das ist schön... Das gefällt mir, weitermachen...«

Ihren Augen sieht man aber an, daß ihre Gedanken woanders sind. Ihr rechter Zeigefinger ist an ihrer Wange, der rote Nagel umkreist langsam den schwarzen Leberfleck.

»Weißt du, was ich denke?«

»Was?«

»Wie gut du lügen kannst! Ich meine, eigentlich wär's doch eine prima Gelegenheit gewesen? Es ihr zu sagen, meine ich. Irgendwann muß sie's ja erfahren!«

»Du mußt mir Zeit geben.« Er hat von ihr abgelassen.

»Das sagst du schon seit vier Monaten!«

»Die Sache ist nicht ganz so einfach, wie du sie dir vorstellst.«

»Weil du sie noch liebst!«

»Darum handelt es sich nicht.«

»Du gibst's also zu?« Sie hat eine Träne in der Stimme.

Er lacht zärtlich: »*Dich* liebe ich, kapiert?«

»Warum sagst du's ihr dann nicht?«

»Ich hab' gesagt, daß ich ihr's sagen werde.«

»Und wann?«

»Bald.«

»Wann?« Sie hat sich aufgesetzt.

»Nicht vor Weihnachten. Schon wegen der Kinder könnte ich das nicht machen.«

»Am ersten Januar?«

»Da sind Sommerferien.«

»Na und?«

»Soll ich meinen Kindern vielleicht die Ferien ruinieren?... Wenn die Schule wieder anfängt. März, April.«

»Das sind dann noch mal vier Monate.«

»Drei.«

»Weißt du, was meine Mutter sagt? Wenn's ein Mann nicht gleich tut, dann tut er's auch später nicht, sagt sie.«

Er küßt ihr rundes Knie: »März.«

»Ehrenwort?« Sie hat ihre Kleinmädchenstimme hervorgeholt.

»Heiliges Ehrenwort.«

Ich überlege, ob ich eine kleine Runde über den beiden drehen soll. Ein bißchen Bewegung könnte nicht schaden.

7

»Du willst mit ihr in die Ferien?«

»Mit ihr und den *Kindern.*«

»Hierher?«

»Dafür haben wir ja das Haus.«

»Und wo willst du schlafen? Willst du vielleicht hier mit ihr schlafen? Unter dem Mosquitonetz?«

Er lacht: »Aber da läuft doch schon seit einer Ewigkeit nichts mehr!«

»Wegen mir?«

»Nein, wegen dem heiligen Ignatius!«

Also das weiß ich nun zufällig besser.

Auch wenn's nie lang dauert, auch wenn sie dabei ihr schreckliches Nachthemd immer anbehält, gemacht haben sie's noch fast an jedem Wochenende, mindestens einmal.

Und wenn er dann wieder auf seine Seite rutscht, sagt er fast jedesmal das gleiche, nämlich daß »nichts über gesunde Meerluft« geht.

»Ich hab's dir ja gesagt«, antwortet sie. »Und für die Kinder ist es sowieso das beste. Ein Kind gehört nun mal nicht in die Großstadt.«

Es dauert dann jeweils nur noch ein paar Sekunden, bis man ihn schnarchen hört. Und nach ein paar nachdenklichen Seufzern ist meist auch die Frau entschlummert.

Nur einmal ging sie zurück ins Wohnzimmer und spielte noch ein bißchen Klavier. Irgendwas ziemlich Trauriges. Ich weiß es deshalb so genau, weil ich ungeduldig wurde und ihr nachflog und sie dann an Ort und Stelle genommen habe, direkt auf ihrem Klavierschemel. Und weil sie dann mit einem Schmerzensseufzer ihre Mondscheinsonate, oder was es auch war, abgebrochen hat und ins Bett zurück ist.

Und da hab' ich's ihr dann richtig besorgt.

»Mein Geburtstag!« Er hat wieder angefangen, sie zu streicheln.

Doch das Mädchen schmollt nun ein wenig: »Zuerst will ich ins Wasser!«

»Bei der Hitze? Du bist ja verrückt.«

»Deswegen sind wir doch hergekommen?«

»Ach ja? Sind wir deswegen hergekommen...?« Seine Rechte liegt auf ihrem herrlichen Hinterteil.

»Ich will ins Wasser!« quengelt sie.

»Später.«

»Jetzt!«

»Wenn du jetzt da rausgehst, trifft dich der Schlag.«

»Du redest wie ein älterer Herr.«

»Ich bin ein älterer Herr.«

Er gibt ihr einen energischen Klaps: »Dreiundvierzig! Ich könnte dein Vater sein, verstanden?«

Nun wird sie wirklich ärgerlich: »Laß mich los! Ich will ins Wasser!«

»Dann setz dich doch in die Badewanne.«

»In die *Badewanne*?«

»Eine Badewanne voll kaltes Wasser, *das* kühlt ab.«

Sie überlegt: »Also gut. Aber nur, wenn du sie mir einlaufen laßt.« Und als er sich dann noch mal über sie hermachen will: »Jetzt gleich!«

»Spricht man so mit seinem Vorgesetzten?«

Sie stemmt ihn kichernd von sich weg: »Gehen Sie, Señor Direktor! Aber ein bißchen rasch, verstanden?«

Und jetzt bin ich zum ersten Mal mit ihr allein.

Was macht man in einem solchen Fall: hinfliegen? Dableiben?

Noch bin ich zu satt, um an Nahrung auch nur zu denken. Und irgendwie macht es mich auch verlegen, daß ich sie beobachten kann, während sie von meiner Anwesenheit keine Ahnung hat.

Und nun beginnt mir auch erstmals ein wenig die Schwierigkeit dieser Beziehung zu dämmern. Daß ich ein Mosquito bin und sie eine Person, will ich sagen. Nein, nicht, was Sie jetzt denken: Vor den Folgen hatte ich keine Angst. Ich war lediglich abergläubisch zu jener Zeit, mit dem Religiösen hatte ich's nicht. Unsere fünf Gebote habe ich zum Beispiel nie richtig ernst genommen. Die sind für die anderen, habe ich mir gesagt, für diese Barbaren, die sich sonst nicht zu benehmen wüßten.

Nun ja, auch da habe ich inzwischen dazugelernt: Gibt es einen schlagenderen Gottesbeweis als meine jetzige Existenz? Nur kann ich mir nicht erklären, warum man mich die Erinnerung an jenes frühere Leben behalten ließ, euch andere hingegen nicht. Verdrängt ihr das vielleicht alles? Einfach so? Waren eure Sünden so groß, daß ihr die Erinnerung nicht ertragen könntet? Bin ich im Vergleich zu euch nur ein Unschuldslamm?

Oder ist das alles Bluff? Tut ihr nur so, als ob ihr von eurer Vergangenheit nichts mehr wüßtet? Habt ihr deswegen solche Angst, wenn ich meine Geschichte erzähle? Denn daß einer so zuhört wie Sie heute abend – ohne auf dem Sessel herumzurutschen, ohne mich zu unterbrechen –, das habe ich wirklich noch nie erlebt.

Also schön, zurück zu dem Mädchen:

Es hat die Arme über den Brüsten gekreuzt, die großen braunen Augen blicken zur Zimmerdecke. Und während ich sie so betrachte, spüre ich eine unendliche Sehnsucht in mir wachsen. Und diesmal handelt es sich um das Gegenteil von Fleischeslust. Ich möchte bei ihr sein, *ohne* sie zu berühren, verstehen Sie? Jemand sein, den sie wahrnimmt. Eine Sprache können, die sie versteht.

Man bedauert immer die, die im Unglück allein sind. Nach meiner Erfahrung ist es ein viel größeres Malheur, wenn einer im Glück allein bleiben muß. Ein Vorfall, den man keinem erzählen kann, wird immer irgendwie unwirklich bleiben, nicht wahr? Für den Unglücklichen kann das nur von Vorteil sein, weil sein Leid so gar nicht richtig passiert ist. Für den Glücklichen ist gerade dies das Negative: Wer garantiert ihm später, daß er tatsächlich glücklich war?

Wenn ich jetzt sprechen könnte, was würde ich ihr nicht alles sagen! Wie es war, bevor sie in dieses Zimmer gekommen ist. Wie sie mich in letzter Minute vor dem Verhungern gerettet hat. Wie sie sich anfühlt für unsereinen. Wie ihr Blut schmeckt, wie ihr Schweiß riecht. Was ich alles mit ihr getrieben habe auf diesem Bett – ihr Traum mit diesen fünf Kerlen, daß der von mir gekommen ist!... Und falls sie mich auslachen sollte, würde ich ihr's zeigen: Wie ein Fremdenführer würde ich sie über ihre Landschaft führen, von Beweis zu Beweis.

9

Als würde sie meine Gedanken wenigstens erahnen, gleitet ihre Hand zur Hüfte. Jawohl, sie hat mich zu spüren begonnen – ihre roten Nägel beginnen zu kratzen. Noch kann sie vom Ausmaß meiner Verheerung allerdings keine Ahnung haben: Die Bewegungen ihrer Finger sind unbewußt, ihre Augen ohne erkennbaren Ausdruck.

Doch jetzt beginnt drüben das Badewasser einzulaufen, und sie steht auf. Als sie auf das Fenster zugeht, stockt mir der Atem: Wenn sie es aufmacht, bin ich erledigt, weil dann früher oder später auch die anderen kommen.

Aber sie scheint denselben Gedanken zu haben: die Mosquitos! Sie verstellt einige der mittleren Lamellen, damit sie mehr Licht hat, und macht das Fenster wieder zu.

Sie öffnet die Schranktür, inspiziert die drei oder vier Sommerkleider. Eines nimmt sie heraus, hält es sich an den Körper, hängt es mit einem mitleidigen Lächeln zurück. Vor dem Ankleidespiegel sind die Kosmetiksachen der anderen aufgereiht. Sie nimmt das Parfumfläschchen, riecht, stellt es wie angeekelt wieder an seinen Platz.

Nun greift sie zur silbernen Bürste, fährt sich mit energischen Strichen durchs Haar. In Gegenrichtung, so daß der helle Flaum sie bald wie ein Heiligenschein umgibt. Sie neigt sich über die Bürste. Statt sie jedoch zu säubern, wie die Frau es hinterher immer tut, anstatt die blonden Haare mit dem Kamm herauszukämmen, zupft sie sich noch zusätzlich ein paar vom Kopf und drückt sie auf die Borsten.

Die Absicht habe ich natürlich erst später erkannt: der Mensch, die Krone der Schöpfung!

Nun nimmt sie die noch unangebrochene Hautcreme und greift so hinein, daß ihre Finger eine tiefe Spur hinterlassen. Und als sie vor dem Spiegel die Creme auf ihre

Arme zu streichen beginnt, entdeckt sie mit einem kleinen Schrei meine Verwüstung.

»Hast du das gesehen?« ruft sie. »Hast du gesehen, wie verstochen ich bin?«

Offenbar kann er sie wegen des Badewassers nicht hören.

Sie dreht sich um, betrachtet sich von hinten. Die Spur meiner Lust hängt wie eine Girlande zwischen den weißen Schulterblättern: Auf jedem ihrer zierlichen Wirbel ist eine Rose erblüht.

»Hast du das gesehen?« ruft sie, diesmal fast mit Bewunderung. Und schon läuft sie hinaus, um ihn zum Zeugen meiner Raserei zu machen.

Alarmstufe eins, in dieser Stimmung killen sie jeden. Einstweilen werde ich noch hierbleiben müssen. Aber ich weiß, wo sie ist.

Kellner!... Wir nehmen doch noch eine Flasche? Aber ich bitte Sie, heute ist mein Glückstag! Vorhin, als ich Sie ansprach, als Sie dieses Buch hier sahen, sagten Sie da nicht, Sie hätten seit Jahren keinen Roman mehr gelesen? Aber meiner Geschichte sind Sie gefolgt. Bis hierher jedenfalls. Und ob ich mir darauf etwas einbilde!

Besten Dank, junger Mann. Einen leeren Aschenbecher könnten wir vielleicht noch brauchen... Der ist sicher ein Schauspieler, denken Sie nicht? In dieser Stadt sind alle freundlichen Kellner stellenlose Schauspieler: Die können wenigstens noch so tun, als ob ihnen ihre Gäste sympathisch wären.

Aber von jetzt an will ich's Ihnen ein bißchen leichter machen. Mehr das menschliche Moment in den Vordergrund stellen. Sie müssen sich ja identifizieren können, sonst geht's mir wie dem Romanautor da: Über die dritte Seite bin ich bei diesem Buch nämlich noch nicht hinausgekommen. Und was ist eine Geschichte wert, die keiner erfahren will? Ohne Ohr keine Musik, hab' ich recht?

Da wir schon dabei sind: Das da zum Beispiel – haben Sie da schon mal richtig hingehört?

Die Sirenen von Manhattan meine ich, jawohl: Da rennen die New Yorker in die Carnegie Hall, aber für die Konzerte vor ihrer Haustür sind sie taub!

Deswegen komme ich in dieses Hotel, darum sitze ich in dieser Bar; denn in dieser Höhe klingt das alles natürlich doppelt phantastisch!

Hier, hören Sie: Irgendeine heult immer.

Und dann kommt die zweite, die dritte... Da! Ist das nicht herrlich? Sollte ich statt dessen einen Roman lesen?

Einmal hat's gebrannt, als ich hier saß, gleich da drüben an der 57. Straße. Aus allen Richtungen sind sie damals gekommen: Feuerwehr, Polizei und Dutzende von Krankenwagen! Niemals werde ich das vergessen!

Ich hatte im Harvard Club gesprochen an dem Tag, eure Bankiers wieder einmal vor dem Schuldenberg gewarnt, der meine lateinamerikanische Heimat zu begraben droht... Und spät in der Nacht dann das!

Jawohl, hab' ich mir gesagt: Das ist die Musik, die zu uns paßt. Nicht Mozart, nicht Beethoven: Diese Symphonien aus Angst und Schrecken, die sind unsere Wahrheit. Ihr seid am Ende, sagt uns der himmlische Komponist! An eurer eigenen Gemeinheit seid ihr erstickt, ihr Gesindel.

Das war vor fünf Jahren. Inzwischen ist Lateinamerika bankrott, und bei euch kann's nicht mehr lang dauern. Das einzig Zuverlässige in diesen letzten Jahren der Mensch: kein Alptraum, den die Wirklichkeit nicht in den Schatten stellt.

*Salud!*

Sie tragen einen Ring? Ich darf also annehmen, daß Sie verheiratet sind? Kinder? Erwachsene Kinder, ist mir klar, wir beide dürften ja etwa im gleichen Alter sein. Aber wenn Sie Kinder haben, werden Sie sich wahrscheinlich auf die Seite meines Rivalen stellen. Nun ja, muß ich riskieren. Wie man es auch ansieht, das hier wird immer eine Liebesgeschichte bleiben. Wenn es auch für jeden eine andere Variante gewesen sein mag. Und vielleicht war dieser Mann letzten Endes sogar noch der Wertvollste von uns dreien. Von uns vieren, besser gesagt: Auch seine Frau hat ja später auf nicht ganz vornehme Weise eingegriffen.

## 11

Liebe, ach ja. Noch nie hat es ein hübscheres Wort für eine bösere Sache gegeben. Aus Liebe wollen wir eine bestimmte Frau für uns allein. Aus Liebe gehen wir dafür über Leichen. Und wenn wir am Ziel sind, wenn sie uns *gehört*, ist es *ihre* Leiche, über die wir gehen. Natürlich ebenfalls aus Liebe, nur daß es jetzt die Liebe zu einer anderen ist.

Das Machtstreben sei unser Fluch, sagen die Leute. Die Prestigesucht, die Geldgier. Was für ein Unsinn! Geld, Macht und Ruhm wollen wir doch nur, um bei diesem grausamen Spielchen die besseren Karten zu haben. Zeigen Sie mir einen Mann, der nicht hinter der Liebe her ist, und ich zeige Ihnen einen gütigen Menschen.

Sie wollen einen Einwand machen, ich sehe es Ihnen an, daß es auch glückliche Ehen gibt und so weiter.

Aber mit Liebe hat das wohl wenig zu tun: Die Liebe ist nämlich die einzige Sucht, die sich von der *Unerreichbarkeit* ihrer Droge nährt. Wer sein Quantum bekommt, verdirbt sich den Magen. *Immer.*

Ich weiß natürlich nicht, wie oft Sie ihr begegnet sind, der »großen Liebe«. Für mich war es damals, wie gesagt, die erste, und seither bin ich ihr vielleicht noch ein Dutzend weitere Male zum Opfer gefallen. Zu selten, um abgehärtet zu werden. Oft genug, um mich bestimmte Gesetzmäßigkeiten erkennen zu lassen. Zumindest bilde ich mir ein, daß mir meine Narben hier zu einer Art romantischem Mitspracherecht verholfen haben.

Nicht, daß es mir etwas nützte: Früher habe ich meine Dummheiten mit geschlossenen Augen begangen. Heute halte ich sie nach Möglichkeit offen – das Ergebnis ist das gleiche.

Immerhin weiß ich jetzt zum Beispiel, daß es die Liebe »auf den ersten Blick« nicht gibt – eine Leidenschaft kann bestenfalls nach der ersten Trennung zu lodern beginnen. Solange man mit dem Objekt seiner Begierde beisammen ist, liebt man es selten. Diese Zeit ist für die Befriedigung der Sinne da, zum Plaudern, Datensammeln, Eindruckschinden. Zum Abliefern jener Ergebenheitsadressen, die man in der Anwesenheit des angebeteten Wesens eigentlich fast als verlogen empfindet.

Die Zeit der wahren Empfindung kommt erst, wenn die Geliebte wieder fort ist. Erst wenn man ihr nicht mehr sagen kann, wie sehr man sie liebt, beginnt man, sie tatsächlich zu lieben.

So war es natürlich auch in diesem Fall: Erst jetzt nämlich, während ich an meinem Ventilator hänge und erstmals in Ruhe an sie denken kann, während ich jeden vergangenen Augenblick in diesem Zimmer noch einmal erlebe, tritt jener Verherrlichungsmechanismus in Kraft, den uns erst die *Abwesenheit* des geliebten Wesens ermöglicht: Wenn wir das, was wir in ihm zu sehen *wünschen* nicht mehr mit dem vergleichen müssen, was es *ist*.

Und wenn Sie nun noch berücksichtigen, daß im Leben eines so winzigen Tieres Sekunden wie Stunden und Minuten wie Tage zählen, werden Sie mir vielleicht auch glauben, daß in dieser in Menschenaugen so kurzen Zeit, in der Wasser in eine Badewanne mittlerer Größe fließt, meine zunächst nur erotische Besessenheit für diese hübsche junge Frau eine große und ernste Leidenschaft wurde.

Und auch meine Selbstironie und sogar mein Aberglaube sind mir in dieser Zeit abhanden gekommen. Sie ein Mensch, ich ein Insekt? Na und? Noch nie hat ein Mensch eine Stechmücke geliebt? Wer sagt, daß ich Gegenliebe erwarte? Solange ich nur in ihrer Nähe sein dürfte, wäre ich der glücklichste aller Mosquitos!

Ja, das ist vielleicht das Blamabelste an diesem ersten Stadium: dieser schwachsinnige Optimismus, mit dem uns jede neue Liebe immer wieder erfüllt. Man weiß, daß es auf alle Fälle im Unglück endet. Dem eigenen oder dem des im Augenblick doch so angebeteten anderen. Und ist trotzdem überzeugt, daß es diesmal gut wird. Und falls man leiden muß, sagt man sich, so wird es sich lohnen. Doch das Leiden hat sich noch nie gelohnt.

Und dann wird drüben das Wasser abgedreht, und ich kann hören, wie sie jauchzend in die Wanne steigt.

»Schön?« ruft der Mann. Aus Umfang und Richtung seiner Stimme kann ich erkennen, daß er in der Küche ist, die hier dem Schlafzimmer schräg gegenüberliegt.

»Genial!«

»Hab' ich doch gesagt!«

»...du hättest nicht zufällig einen Kaugummi?«

»Einen Kaugummi?« Er lacht. »Einen Whisky kannst du haben!«

»Was treibst du eigentlich so lange?«

»Wirst du gleich sehen!«

»Weißt du, was ich gerade denke?«

»Daß du jetzt lieber im Büro wärst und mit dem schönen Ramirez flirten würdest.«

»Welcher Ramirez?«

»Tu nicht so unschuldig.«

»Ah, du meinst den Grossisten aus der Barral?«

»Man sagt, daß er jeden Tag bei dir am Empfang steht. Und daß du sehr freundlich zu ihm bist.«

Sie lacht: »Dafür bezahlst du mich doch! Er ist ein Kunde!«

»Unser bester, wenn du so weitermachst.«

»Nein, weißt du, was ich gedacht habe?«

»Was?«

»Was wäre wohl gewesen, wenn ich an dem Tag nicht zufällig eure Anzeige gelesen hätte?«

»Dann würdest du jetzt ganz zufällig bei einem anderen Herrn in der Badewanne sitzen.«

»Meinst du?« Ihre Schmetterlingsstimme klingt so ernsthaft besorgt, daß er lachen muß.

»Bei dem schönen Ramirez zum Beispiel...«

»Und du würdest deine Frau wegen einer Rothaarigen sitzenlassen.«

»Eine mit einer französischen Flagge wäre mir lieber.«

»Ferkel!«

»Ausgerechnet du mußt das sagen!«

»Weißt du, was?«

»Was?«

»In unserer Klosterschule, da hatten wir eine Lehrerin, Schwester Berta, die hat genau das gleiche behauptet.«

»Was hat sie behauptet?«

»Daß alles Zufall ist... Alles Zufall, meine Damen, hat sie immer gesagt: Das einzig Verläßliche an der Liebe ist die Liebe selbst. Wenn die Zeit reif ist, verliebt man sich in *jeden*, merkt euch das!«

»Eine Philosophin.«

»Kann man wohl sagen. Aber am meisten hat sie's mit dem Zufall gehabt. Egal, was wir sie gefragt haben, sie hat immer dasselbe gesagt: Schwester, wer hat die Welt erschaffen? Alles Zufall, mein Kind. Schwester, warum sind's ausgerechnet zwölf Apostel gewesen?

Zufall... Eines Tages haben sie ihr die Lehrerlaubnis entzogen. Man hat sie nie mehr gesehen.«

»Zufall.«

Sie lacht ein Schulmädchenlachen: »Zufall, genau!«

Und jetzt halte ich es vor Sehnsucht nicht mehr aus.

13

Sie sitzt in der Marmorbadewanne, als ich komme, den Kopf genießerisch zurückgelehnt, die Augen geschlossen. Die klatschnassen Haare stehen ihr wie ein gelbes Stoppelfeld auf dem Schädel.

Sicherheit vor Sinnlichkeit, sage ich mir: Alles Flüssige ist gefährlich, besser, du bleibst auf Distanz. Ich fliege also hinauf zur Decke und von dort auf den Arm der neu installierten Dusche hinunter. Von hier betrachte ich aus risikofreier Entfernung ihre im Wasser versunkene Geographie: Auf ihren Tälern und Hügeln sind nun überall die Andenken meiner Taten erblüht... Seltsam: Da drüben am Ventilator habe ich sie mir schöner vorgestellt.

Allerdings mußte nach der plumpen Mechanik der Liebe dieses erste Wiedersehen nach der ersten Trennung ja zwangsläufig zu einer Enttäuschung werden. Eine Ernüchterung, über die der wahrhaft Liebende – und ein solcher war ich nun – dann aber auch gleich wieder froh ist: Wenn der andere nicht so begehrenswert ist, wie man ihn sich in seiner Abwesenheit gedacht hat, muß man bei der nächsten Trennung auch nicht mehr so sehr fürchten, daß er einen seinerseits nicht begehrenswert finden könnte.

Ich rufe mich zur Ordnung: Du Trottel, sie weiß ja nicht einmal, daß es dich gibt!

Und mit diesem Gedanken beginnt der eigentliche Wahnsinn meiner Beziehung zu diesem Mädchen: Warum soll sie nicht wenigstens erfahren, daß es mich gibt, denke ich nämlich als nächstes. Kein Genuß, der es wert ist, daß man dafür sein Leben riskiert? Wie soll man das beurteilen, solange man diesen Genuß gar nicht kennt?

Erreichen, daß sie dich wahrnimmt! Wenigstens für den Bruchteil einer Sekunde Teil ihres Bewußtseins werden! Ist das nicht tausendmal erstrebenswerter als die einseitigen Liebesakte, auf die du hier für die Zukunft hoffen darfst? Kann ein Liebender sich damit begnügen, in das *Fleisch* der Geliebten einzudringen? Wenn er nicht auch in ihren Gedanken gewesen ist, hat er sie dann überhaupt besessen?

Sicherheit vor Sinnlichkeit: Schon bin ich auf dem Weg zu ihr hinunter. Und als ich dann vor ihrem Kopf hin und her schwirre, mache ich ausnahmsweise soviel Lärm, wie ich kann. Vulgär oder nicht, wie soll sie mich sonst bemerken?

Wie erwartet, öffnet sie die Augen.

Und nun hat sie mich gesehen.

Ich bin natürlich auf das Schlimmste gefaßt: Von Totschlag bis Ertränken wäre in dieser Situation alles möglich...

Aber sie bleibt ganz ruhig: Neugier ist in ihrem Blick, eine gewisse Amüsiertheit – von Abscheu oder gar Mordlust keine Spur.

Ich werde frecher, fliege in immer kleineren Abständen an ihrem Gesicht vorbei. Sie läßt es sich gefallen, lächelt sogar. Und als ich dann in meinem Übermut sogar noch auf ihrer Nasenspitze hocke, werde ich nicht etwa gewaltsam vertrieben: Wie zum Spaß pustet sie mit ihrer schönen Unterlippe ein wenig Luft zu mir herauf. Wie zum Spaß fliege ich weiter.

Und von jetzt an bleibt ihr Blick an mir hängen. Nicht, daß Sie glauben, meine Kunststückchen hätten ihre Aufmerksamkeit nicht verdient: Wie ein verrückter Kamikaze stürze ich mich senkrecht auf die Wasserfläche. Und gerade, als sie denken muß, ich wolle mir vor ihren Augen in ihrem Badewasser das Leben nehmen, drehe ich ab, fliege im Steilflug zur Decke.

Und irgendwann beginnt sie, tatsächlich leise zu lachen... Ich kann es nicht fassen: Ich, ein Mosquito, habe die schönste Frau dieser Erde zum Lachen gebracht?

## 14

Natürlich genügt mir auch dieses Glück bald nicht mehr. Das ist ja der Fluch der Liebe, daß man so lange mehr will, bis beim anderen nichts mehr zu holen ist. Von ihren Blicken verfolgt, fliege ich zum vergoldeten Wasserhahn am Fußende ihrer Marmorbadewanne. Ganz still sitze ich da, sehe sie einfach nur an. Ich weiß natürlich, daß der goldene Metallglanz mir schmeichelt und daß ich hier imposanter wirke, als ich bin. Und so wahr mir Gott helfe, mein Freund: Sie sieht mich! Nicht wie vorher, verstehen Sie? Nicht den amüsanten kleinen Mosquito, der ihr seine Kunststückchen zeigen durfte: *Ich* bin's, den sie jetzt sieht! Mich ganz persönlich schaut sie an!

Und jetzt setzt sie sich auf, rutscht auf den Knien bis zum Wasserhahn, betrachtet mich aus der Nähe. Was sie empfindet, kann ich nicht sagen: Der Abstand ist so gering, daß ihre Augen völlig ausdruckslos wirken. Ihre braunen Pupillen sind glatt und glänzend wie die Panzer der Kakerlaken.

Nun senkt sie tatsächlich die Lider. Nicht so kurz wie für einen Wimpernschlag, nicht so lang, als ob sie mein Anblick ermüdet hätte. Nein, das soll ein Zeichen sein – ein Zeichen für mich, den Mosquito!

Als sie merkt, daß ich das unmöglich glauben kann, wiederholt sie es und schließt die Augen noch einmal. Für mich!

Und jetzt spricht sie auch zu mir: »Los, mein Kleiner«, sagt sie leise. »Ich weiß genau, daß du mich siehst. Worauf wartest du: Laß uns Kontakt aufnehmen! Gib mir ein Zeichen, ja?«

Und schon mischt sich nun der andere ein: »Señorita Rosa?«

*Rosa? Soll das vielleicht ihr Name sein?*

»So heiß' ich nicht«, sagt sie streng.

*Dem Himmel sei Dank!*

»Señorita Rosita?«

*Rosita? Ist das wahr?*

Sie lächelt wie zur Bestätigung.

*Rosita... Jawohl, das gefällt mir... Das paßt zu ihr, ja.*

»Was ist?« antwortet sie gnädig.

»Was treibst du? Du bist so still?«

Sie wirft mir eine Kußhand zu, gleitet zurück: »Ich denke nach«, lügt sie frech.

»Schon wieder?«

»Glaubst du, daß sie dir das abgekauft hat? Das mit dem Arbeiten, meine ich.«

»Wird ihr nichts anderes übrigbleiben.«

»Was ist, wenn sie herkommt?«

»Unsinn.«

»Aber vielleicht will sie sich überzeugen?«

Er lacht: »Sie kann ja nicht einmal Auto fahren.«

»Ich bin auch mit dem Omnibus gekommen. Den Rest läuft sie in einer halben Stunde. Vor allem, wenn sie unter Strom steht.«

»Unter was?«

»Wenn sie eine Wut hat. Wenn sie in Rage ist.« Ihr Zeigefinger streichelt den Leberfleck. Hat sie mich vergessen?

Diesmal braucht er mit seiner Antwort länger: »Hast du nicht behauptet, daß die Busse in dieser Richtung nur bis mittags verkehren?«

»Vielleicht nimmt sie sich ein Taxi?«

»Aus der Stadt?« Dieser Gedanke scheint ihn zu belustigen.

»Die Moneten hat sie doch wohl?«

»Du kennst meine Frau nicht!«

Nein, sie hat mich nicht vergessen. Denn was sie jetzt sagt, sagt sie zu mir. Besser gesagt, sie zischt es in Richtung Wasserhahn: »Meine Frau, meine Frau!«

»Was hast du gesagt?«

»Nichts«, sagt sie patzig. Und nach einer Pause, lachend: »Ich habe mit einem Mosquito geredet.«

# 15

Und jetzt kommt er. Im Frotteemantel – dem orangefarbenen, mit dem er sonst an den Strand geht –, den Kindereimer voller Eiswürfel vor sich herbalancierend, singend: »Der Eismann, der Eismann…«

Das Mädchen namens Rosita lacht, und als er ihr das Eis ins Badewasser schüttet, quietscht sie so vergnügt wie seine Kinder. Denn mit ihnen hat er das letzte Mal dasselbe gemacht – sogar das Lied vom Eismann hat er gesungen, als er mit seiner Ladung aus der Küche gekommen ist.

Und genau wie die beiden Buben hält sie sich nun die Nase zu, taucht in ihr privates Eismeer hinunter, kommt lachend und prustend herauf, taucht wieder. Und der Mann sitzt auch hier auf dem Wannenrand, schaut mit glücklichem Lächeln zu.

Nein, Eifersucht kannte ich zu jenem Zeitpunkt noch nicht. Noch war ich mit der vornehmeren Hälfte der Liebe beschäftigt.

»Schön?«

Sie mimt ekstatisches Entzücken.

Er häuft ein paar Eisstücke in seine Pranke, hält sie ihr an den Hals. »Ein Hals wie ein Vögelchen«, sagt er zärtlich. »Einmal zudrücken, und schon gäb's dich nicht mehr.«

Sie neigt den Kopf nach vorn, zeigt's ihm: »Meine Stiche könntest du kühlen. Den da oben, siehst du? Der juckt wie verrückt!« Und als er ein Eisstück auf das Ergebnis meiner Untat drückt: »Ja, das tut gut…«

»Wo hast du eigentlich das viele Eis her?«

»Das mußt ausgerechnet du mich fragen! Welches unserer Modelle produziert einen Eimer voll Eis in zwanzig Minuten?«

»Einen Eimer? Das ist ein Kindereimer gewesen!«

»Nicht ablenken. Also?«

»Der neue SIBERIA?«

»Nicht einmal unseren Katalog haben Sie gelesen, Señorita, schämen Sie sich!« Er läßt sein Eisstück weitergleiten, der von mir gelegten Spur nach unten folgend.

»Ich warte!«

»Der ANTARTICA?«

»Nicht raten.«

»Der SIBERIA DE LUXE?«

»Unglaublich.«

»Stimmt's?«

»Ich meine die Stiche: So was hab' ich in meinem ganzen Leben noch nicht gesehen... Der DE LUXE gibt höchstens halb soviel Eis.«

»Also?« Er schiebt den Ärmel seines Bademantels zurück und setzt seinen Samariterdienst unter Wasser fort.

»Dieser Supergroße. Warte. So was wie Feuerland...«

»Vier Monate sind Sie jetzt bei uns! Es ist nicht zu fassen!«

»Mein Herr Chef hat mir ja keine Zeit gelassen.«

»Dieser Lüstling... Berücksichtigen Sie doch nur die sinnliche Form der Eisstücke...« Sein Arm geht tiefer.

»Welche sinnliche Form?« Sie kichert.

»Diese zum Beispiel...«

»Hilfe!«

Er lacht: »Aber Señorita, was ist denn jetzt schon wieder?«

»Ich weiß nicht. In mir drinnen ist so ein kühles Gefühl... Hilfe!«

»Ein hoffnungsloser Fall. Sie sind entlassen.«

»Bekomm' ich wenigstens ein Zeugnis?«

»Damit Sie mir die nächste Firma ruinieren? Ich werde Sie heiraten: Eine andere Lösung sehe ich nicht.«

»Ist das Ihr Ernst, Chef...?« Sie schlingt ihre nassen Arme um seinen Hals, schiebt ihm rasch ein paar Eiswürfel in den Mantel. Und als er aufspringt, um sie herauszuschütteln, lacht sie wieder ihr Schulmädchenlachen.

Nein, sosehr ich mich auch prüfe, eifersüchtig war ich damals noch nicht.

## 16

Der Mann hat sich wieder auf den Rand der Badewanne gesetzt, läßt wohlgefällig den Blick über sie streifen: »Meine Großmutter väterlicherseits, Doña Filomena hat sie geheißen, eine sehr fromme Dame – sie ging so oft zur Beichte, daß der Priester sich manchmal vor ihr versteckte –, also sie hatte die Theorie, daß jeder Mensch seine Ähnlichkeit mit einem ganz bestimmten Tier hat. Nach meiner Geburt soll sie nur einen Blick auf mich geworfen haben: Bulldogge. Und so war's dann ja leider auch... Bei dir bin ich lange nicht draufgekommen, an welches Tier du mich erinnerst.«

*An einen Fisch, denke ich. Also für mich sieht diese Rosita wie ein Fisch aus. Nur daß sie Gott sei Dank intelligenter ist.*

Sie streicht sich schuldbewußt über die Haarstoppeln: »Wie eine Ente, ich weiß. Sogar meine Mutter sagt, daß ich mir die Haare wachsen lassen soll.«

»Blödsinn, du bist doch keine Ente: Du bist ein Fisch!«

*Hab' ich's nicht gesagt?*

»Ein Fisch?« sie scheint enttäuscht zu sein.

»Hat das von deinen hunderttausend Verehrern noch keiner gemerkt?«

*Doch, ich!*

»Daß ich wie ein Fisch aussehe? Nein.«

»Kein gewöhnlicher Fisch. Ein schöner, langer, weißer.«

»Eine Forelle?«

»Sind die weiß?«

»Ein Kabeljau? Eine Seezunge?« Sie kreuzt die Arme vor der Brust: »Eine Nixe?«

»Das sind doch die mit den zusammengewachsenen

Beinen?« Seine Hand taucht hinunter: »Nein, eine Nixe bist du Gott sei Dank nicht!«

»Weißt du, daß mein Vater mich so genannt hat?... Sein Fischchen. Mein kleiner Goldfisch, hat er immer gesagt. Das war zu der Zeit, als er als Schwimmlehrer gearbeitet hat.«

»Du hast mir doch erzählt, daß dein Vater Fußballtrainer gewesen ist?«

»Das war doch zuvor. Als sie ihn beim FSI rausgeschmissen haben, ist er Schwimmlehrer geworden. Im Sheraton. Wir haben in einem eigenen Bungalow gewohnt, auf dem Hotelgelände. Meine Mutter sagt, daß es ihre glücklichste Zeit gewesen ist. Ich war erst drei, aber ich habe schon perfekt schwimmen können, hat sie gesagt. Wenn ich aus dem Wasser sollte, hab' ich jedesmal einen riesen Zirkus gemacht!«

»Weil du ein Fisch bist. Ich sag's doch!«

Sie lacht.

»Und dann ist er weg.«

»Wer ist weg?«

»Mein Vater. Mit einer Touristin aus Alaska. Tatsache! Meine Mutter hat sie immer nur den Eskimo genannt. Aber sie war kein Eskimo. Sie war mit ihrem Mann da, einem Ingenieur, und mit drei kleinen Kindern. Sie hat die Kinder bei ihrem Mann gelassen und ist mit meinem Vater auf und davon.«

»Einfach so?«

»Einfach so, ich schwör's! An meinem zehnten Geburtstag ist noch eine Karte gekommen. Aus Kanada. Mit einem Delphin drauf. Ob ich ihn nicht mal besuchen wolle oder so... Ich hab' mich natürlich sofort hingesetzt und ihm einen langen Brief geschrieben. Und dann hab' ich ein ganzes Jahr lang auf den Briefträger gelauert. Aber er hat nie mehr geschrieben.«

Der Mann fährt ihr mit dem Zeigefinger zärtlich über die auf dem Eismeer schwimmenden Brüste: »Jetzt weiß ich wenigstens, warum du ältere Herren liebst. Du suchst deinen Papi!«

Sie lacht: »Ausgerechnet einen wie dich, jawohl!«

»Nein, weißt du, was ich manchmal denke?« Sie hat seine Hand weggeschoben: »Vielleicht war sie's? Vielleicht war's meine Mutter? Vielleicht hat sie diesen Brief damals gar nicht auf die Post gebracht? Vielleicht hatte sie Schiß, daß ich wirklich nach Kanada gehe?«

»Warum fragst du sie nicht?«

»Hab' ich. Einmal, als ich ihr hinter was noch Schlimmeres gekommen bin, da hab' ich sie gefragt. Sie hat natürlich nein gesagt und so weiter. Aber manchmal hab' ich eben meine Zweifel!«

»Was war denn das andere?«

»Wie?«

»Das Schlimmere, was ist das gewesen?«

Sie lacht: »Kann ich dir nicht sagen.«

»Hat sie einen umgebracht?«

»Du bist wohl verrückt?«

»Solche Krankenschwestern soll's ja geben.«

»Du bist wohl total übergeschnappt, wie?«

»Also gut, sie hat was gestohlen.«

»Schlimmer find' ich das nicht.«

»Einen Ring! Einen teuren Ring, verstehst du? Einen mit Brillanten!... Von einer Toten, einer Patientin, bei der sie Wache hatte!«

»Die hat ihn ja nicht mehr gebraucht.«

»Heut find' ich's auch nicht mehr so wahnsinnig. Aber damals war ich gerade ein paar Monate auf der Klosterschule – ich bin fast gestorben, ich schwör's! Aber sie hat gesagt, wer sich mit Brillanten aufs Sterbebett legt, ist selber schuld. Denn wenn's die Krankenschwestern nicht machen, machen's später die Leichenwäscher, und wenn die nicht, dann die Totengräber... Die Totengräber sind sowieso die Schlimmsten, sagt sie, weil viele Leute ihren Verstorbenen ja gerade zur Beerdigung ihren Lieblingsschmuck anziehen. Kein Totengräber, der bei uns nicht sein eigenes Auto fährt: Zum Arbeiten kommen sie schön brav mit dem Omnibus, aber am Wochenende fahren sie alle im eigenen Auto spazieren... Wo gehst du hin?«

»Dein Eis ist geschmolzen.«

»Aber wieso denn? Schau!« Sie fischt nach einem Eisstück.

»Dann bring' ich dir einen Scotch!«

## 17

Wir sind wieder allein. Ich warte, bis ihr Blick auf den Wasserhahn fällt, hüpfe dann zweimal um die eigene Achse: das Zeichen, das ich mir unterdessen für sie ausgedacht habe. Doch ihre Gedanken scheinen woanders zu sein.

»Bist du schockiert?« ruft sie.

»Worüber?«

»Über meine Mutter?«

»Im Gegenteil. Keine Rolex auf dem Sterbebett, ich werd' mir's merken...« Man hört die Kühlschranktür. »Keine Manschettenknöpfe im Sarg.«

»Ich werd' schon aufpassen, keine Angst. Ich meine, falls ich nicht vor dir dran glauben muß. Könnte ja sein!«

»Eis?«

»Wie?«

»Ob du Eis willst.«

»Nein, danke.«

»In den Scotch!«

»Nein, danke.«

»Du willst mich wohl ruinieren?«

»Vielleicht hätt' ich dir's trotzdem nicht erzählen sollen. Das mit dem Ring, meine ich. Du wirst sie ja bald kennenlernen: Vielleicht trägt sie ihn dann?« Und als keine Antwort kommt: »Ansonsten ist sie nämlich eine prima Mutter gewesen. An Regentagen hab' ich immer die Schule schwänzen dürfen!«

Er kommt mit zwei Gläsern, reicht ihr eins in ihre Badewanne.

»Auf das Geburtstagskind!« Sie hebt ihr Glas.

»Auf das Geschenk!«

»Welches Geschenk?... Ach so!«

Sie sitzt in ihrem Eismeer, das Glas in der Rechten, den Kopf zurückgelehnt: »Feuerland... Warum haben sie's Feuerland getauft, wenn's dort so kalt ist?«

»Vielleicht wegen der hübschen heißen Eisbergspitzen...«

Er nimmt ein Eisstück aus seinem Glas, hält es ihr an die Brustwarzen.

»Meine Stiche sollst du kühlen!«

»Ich dachte, das sind Stiche? Sind das denn keine Stiche...?«

Sie reckt ihm den Bauch entgegen: »Schau dir mal meinen Nabel an! Total zugeschwollen, siehst du? Der muß richtiggehend in mich reingekrochen sein.«

Der Mann beugt sich vor: »Der? Das ist eine ganze Fußballmannschaft gewesen, die sich da verpflegt hat.«

»Aber wir haben sie doch alle umgebracht?«

»Und die Schlafzimmertür offengelassen. In den anderen Zimmern waren natürlich auch noch welche...«

Seine Hundeaugen suchen die Wände des Badezimmers ab, natürlich vergeblich.

Doch nun fällt sein Blick auf den Wasserhahn: »Da hockt schon einer, hab' ich's nicht gesagt?«

Er schöpft eine Handvoll Wasser, aber natürlich bin ich schneller. Und als das Mädchen ihn deswegen auslacht, wirft er die Ladung nach ihr.

»Mein Whisky!« lacht sie.

»Geschieht dir recht!«

Klar, daß damit auch meine letzten Hemmungen schwinden. Ich kehre um, fliege zurück, mache mich selbstbewußt auf dem Wasserhahn breit.

»Er ist zurückgekommen, schau! Er weiß, daß er nichts von mir zu befürchten hat!«

»Aber von mir!«

Wieder schöpft er Wasser. Doch diesmal bleibe ich sitzen – so felsenfest bin ich überzeugt, daß sie mich retten wird. Sie packt ihn auch sofort am Handgelenk. »Nein, das ist mein Mosquito!«

Und nun pirscht sie sich zum zweiten Mal heran, neigt sich zum zweiten Mal zu mir nieder: »Es ist total irre, ich weiß, aber irgendwie hab' ich das Gefühl, daß es sich um einen besonderen Mosquito handelt... Sieh doch mal, wie süß er ist. Die winzigen Flügelchen, die Beinchen. Eins, zwei, drei, vier... sechs Beine! Wenn wir sechs Beine hätten, kannst du dir das vorstellen?«

»Wahrscheinlich wären dreimal soviele Kerle hinter dir her.«

Doch sie hat jetzt nur Augen für mich: »Weißt du, was? Vorhin, als du in der Küche warst, da hatte ich plötzlich das ganz feste Gefühl, daß er mich sieht.«

»Klar sieht er dich. Er will dich ja anzapfen.«

»Nicht so. Als Person, meine ich – *mich* hat er gesehen, verstehst du? Und weißt du, was ich dachte? Vielleicht war er's? Ich meine, diese komischen Stiche: Vielleicht hat er das ganz allein gemacht?«

»Mosquito Superman.«

*Ja, lach doch, du Schwachkopf!*

»Schau dir mal die an...« Sie reckt ihm ihr Hinterteil entgegen: »Ich meine, das ist doch ein richtiges Muster! Da wollte mir doch jemand ein Zeichen geben!«

Und als er wieder lacht: »Das ist gar nicht so gesponnen, wie du denkst. Ich glaub' da ein bißchen dran. Tatsache.«

»An was glaubst du ein bißchen? An die Körperwanderung?«

»Körperwanderung!« Sie bläst mich beinah vom Wasserhahn mit ihrem Gelächter: »Idiot! Die Seele ist doch das, was wandert: Die Seele ist das Wichtige, nicht der Körper!«

Er tätschelt ihr das Hinterteil: »Also in deinem Fall würde mir die Entscheidung nicht leichtfallen.«

»Das ist kein Witz! Wer sich auf der Welt nicht anständig aufführt – einer, der Drogen anbaut, zum Beispiel, ein Dieb, ein Mörder –, der muß zur Strafe so lange als Tier auf die Erde zurück, bis er sich die menschliche Existenz wieder verdient hat.«

Der Mann nähert sich nun amüsiert meiner Wenigkeit: »Dann ist das vielleicht der alte Obaldia?«

»Welcher Obaldia?«

»Unser Handelsminister.«

»Dieser Korrupte, der Selbstmord begangen hat?«

»Selbstmord!« Sein Gesicht ist so nah, ich könnte die grauen Haare in seinem Oberlippenbart zählen.

Sie betrachtet mich ernsthaft. »Möglich wär's.«

»Dann geh doch mal zur Seite. Den wollt' ich nämlich schon längst mal erwischen...« Seine Pranke hängt über mir. Doch er will seinen Schlag ja genießen, und darum läßt er sich Zeit...

Ich rühre mich nicht. An Entkommen ist nicht zu denken: Jede Bewegung führt zur sofortigen Hinrichtung. Das Zittern meiner Beine kann er mit bloßem Auge nicht sehen, das weiß ich.

»Nein«, sagt sie energisch. »Das ist mein Mosquito, ich hab' dir's doch gesagt!«

Und rettet mich abermals.

Jawohl, mein Freund: Obgleich sie mich in diesem Augenblick für einen korrupten Minister oder Gott weiß was zu halten scheint, sie hat mich gerettet.

# 19

»Du kennst doch diese Gomez?« Sie hat sich wieder hingesetzt, ein Denkfältchen auf der Stirn. »*Unsere* Gomez, die aus der Herstellung… Eine Grauhaarige, mit einem Zopf…«

»Was ist mit der?«

»Du weißt, wen ich meine?«

»Und ob: Die Dame hat mich einige Scheinchen Schmiergeld gekostet. Seit die im Betriebsrat ist, hat sie mir schon dreimal die Gewerkschaft an den Hals gehetzt.«

Sie lacht: »Tatsache?«

»Was gibt's da zu lachen?«

»…Also, die hat mir alles erklärt.«

»Was hat diese Klapperschlange dir erklärt?«

»Das mit der Seelenwanderung.«

»Ich hab' gemeint, das ist eine Rote?«

»Das ist ja bei ihr der Trick: Seelenwanderung und Kommunismus.«

Er lacht auf: »Seelenwanderung und Kommunismus?«

»Also ich find' das gar nicht so komisch… Sie hat das aus einem Buch!«

Und dann erklärt sie's uns:

»Hör zu: Der Mensch besteht aus einem Körper und einer Seele, hab' ich recht?« Sie wartet, bis er genickt hat. »Also gut: Wo der Körper hingeht, sehen wir alle, er geht ins Grab, hab' ich recht?« Wieder muß er erst nicken: »Aber wohin geht die Seele? Kannst du mir das vielleicht verraten? Auch wenn meine Seele unsichtbar ist, in diesem Augenblick ist sie doch in mir drin: Sonst könnte ich jetzt zum Beispiel meinen kleinen Finger nicht bewegen. Die Seele ist das, was uns lebendig macht. Und wo geht dieses Lebendige hin, wenn wir sterben? Kannst du mir das sagen? Das muß doch auch irgendwohin! Und was ist logischer, als wenn's dahin geht, wo's gebraucht wird: in einen *neuen* Körper?«

Sie hat sich aufgesetzt, gestikuliert ausschweifend mit den Händen, die braunen Augen mal bei ihm, mal bei mir: »Und das ist nur die *eine* Seite... Jetzt kommt die *andere*: Es gibt reiche und arme Menschen, schöne und häßliche, hab' ich recht? Und es gibt Tiere: kleine und große, niedere und höhere. Hast du dich denn nie gefragt, *warum* das so ist? Das muß doch was zu bedeuten haben, oder? Warum sonst sollte es so viele Abstufungen geben? Warum sollte es überhaupt Tiere geben? An den Vegetariern sieht man doch, daß wir sie eigentlich gar nicht brauchen!«

»Alles Zufall«, grinst er.

Nun wird sie ärgerlich: »Eben nicht! Das *kann* kein Zufall sein. Aber was ist es dann?... Hör zu, erst wenn du denkst, daß einer, der sich in diesem Leben gut benimmt, im nächsten zur Belohnung in einen besseren Körper kommt und ein Böser zur Strafe in einen schlechteren, erst dann wird auf einmal alles logisch. Und auch gerecht! Wir haben dann nämlich unser Leben selbst in der Hand – *wir* bestimmen mit unseren Taten unsere Zukunft. Wer nachher ein Vieh oder ein Zigeuner wird, ist selber schuld: Man muß mit keinem von denen Mitleid haben!«

Sie deutet anklagend zum Wasserhahn: »Dieser Mosquito da, glaub mir, der weiß schon, was er ausgefressen hat! Der ist nicht umsonst in dieser mickrigen Gestalt auf der Welt, das kann ich dir sagen!«

Rositas Zoologie.

20

Ich betrachte sie fassungslos: Es ist ja das erste Mal, daß ich die Sache von der anderen Seite höre. Wie weit dieser Unsinn verbreitet ist, weiß ich glücklicherweise noch nicht.

Der Mensch als Krone der Schöpfung? Daß ich nicht lache! Sagen Sie mir doch, mein Lieber: Was sonst als eine *Strafe* kann dieses Leben sein? Diese ewige Jagd nach einem Glück, das man dann nicht einmal genießen kann. Dieser Masochismus noch beim armseligsten Vergnügen. Diese Verlogenheit, mit der wir die Vereinigung unserer Leiber als Sünde bezeichnen und den Verzicht auf diesen einzigen Trost als Tugend. Dieses Schuldbewußtsein beim Müßiggang, dieses Hochgefühl bei der Arbeit. Diese panische Angst vor dem Tag der Erlösung.

Und da stellt ihr Narren euch vor, daß ihr zur Strafe so etwas wie diese Kakerlake werden müßt? Glauben Sie mir, mein Bester: So ein kleines Tier erlebt in seinen wenigen Wochen mehr Glück als ein Mensch in seinem knappen Jahrhundert!

Ja, lächeln Sie nur: Lächeln Sie! Dabei ist euer Glaube doch allein schon vom mathematischen Standpunkt aus unsinnig! Wenn es so viele Tiere und so wenige Menschen gibt, dann muß doch die humane und nicht die animalische Lebensform Gottes Strafkolonie sein. Anderenfalls hätte er milliarden- und milliardenmal mehr kriminelle als gütige Wesen erschaffen: Wenn das keine Gotteslästerung ist?

Jawohl, ihr Snobs: Ihr seid nicht sein Spitzenprodukt – ihr seid sein Ausschuß! Denkt ihr, es sei Zufall, daß ihr demnächst vom Erdboden verschwindet? *Wir* werden auch das überleben: Nach jedem eurer Pestizide sind wir immer noch ein bißchen stärker geworden! Ihr seid die, die er abtreten läßt! Die Wasserstoffbombe ist für euch!

Tut mir leid.

Verzeihen Sie mir, mein Freund, ich bitte Sie von ganzem Herzen. So revanchiere ich mich für Ihre Geduld – indem ich Sie beschimpfe!

Ich weiß selbst nicht, warum mich das jedesmal wieder so aufregt. Warum ich nach all diesen Jahren noch immer nicht verstehe, daß ich zu euch gehöre. Warum hat man mich mit diesem grausamen Gedächtnis bestraft? Warum darf ich nicht endlich vergessen, daß es ein besseres Leben gibt als dieses?

Dabei hat es mich damals im Badezimmer gar nicht besonders gestört. Damals wunderte ich mich lediglich, daß ein Mädchen wie dieses solchen Blödsinn glauben kann. Für alles andere war ich viel zu verliebt. Es ist sicher ein Glück, daß ich nicht reden konnte: Ich hätte ihr nämlich am Ende noch recht gegeben!

Erfreulicherweise zeigt wenigstens der andere ein bißchen Charakter. Seine Bulldoggenaugen betrachten sie amüsiert, sein Lächeln teilt die Tränensäcke in hundert faltige Kanäle: »So, so. Und was wird aus deiner lieben Gomez? Miß Südamerika?«

»Präsident der Republik.«

»Hat sie das gesagt?«

»Und dann wird sie alles umkrempeln, jawohl. Diese ganze korrupte Gesellschaft.«

»Was macht sie mit mir? Oder hat sie das nicht verraten?«

Sie lacht: »Doch, du darfst den Antartica verlöten. Und zwar ohne Schutzanzug. Damit du merkst, wie lustig das ist.«

»Diese häßliche alte Kröte! Hat sie das wirklich gesagt?«
»Heiliges Ehrenwort. Ich schwör's!«

## 21

Ihr Gelächter, die Art, wie sie dabei den Kopf in den Nacken legt, ihre herrlichen weißen Zähne, das alles muß den Mann wieder an seine Geburtstagsfeier erinnert haben. Jedenfalls zieht er jetzt seinen Bademantel aus, breitet ihn neben der Wanne auf den Boden, holt die neuen Frotteetücher aus dem Regal, legt sie darauf: »Schluß jetzt, raus!«

Sie beugt sich über den Badewannenrand: »Da?«

»Da.«

»Und was sagt sie, wenn wir all ihre schönen rosa Badetücher...?«

Er greift unters Wasser, packt sie am Fuß: »Wird's bald...?«

»Aber ich geniere mich!« kichert sie. »Ich geniere mich vor dem Mosquito!«

»Ich denke, du redest mit ihm? Schick ihn doch weg!«

»Du mußt's ihm sagen – von Mann zu Mann!«

»Vielleicht ist's eine Dame?«

»Der ist *keine* Dame, das geb' ich dir schriftlich!«

Der Mann kommt zu mir her: »Mein Süßer, du bist hier überflüssig, hast du gehört?«

Natürlich rühr' ich mich nicht.

»Siehst du? Auf mich hört er jedenfalls nicht.«

»Weil du so unhöflich bist. »Warte...« Sie geht auf die Knie, rutscht her: »Mein lieber Mosquito, würdest du vielleicht so freundlich sein, uns allein zu lassen?«

*Sie mit dem Kerl allein lassen? Ich denk' nicht dran!*

»Nichts zu machen.«

Das Mädchen Rosita seufzt theatralisch.

»Weil du's ihm nicht begründest...«

Er steigt zu ihr in die Wanne.

»Du mußt ihm sagen, warum du mit mir allein sein willst...« Er kniet nun hinter ihr, drückt sich an sie.

»Wir möchten ein bißchen schmusen, mein Kleiner. Das verstehst du doch?«

»Nur ein bißchen schmusen? Also anlügen darfst du ihn nicht.«

»Dieser Herr hier möchte mit mir Liebe machen!«

»Liebe?« antwortet er mit einer Falsettstimme, die wohl die meine sein soll: »Dieses Wort hab' ich noch nie gehört.«

Sie lacht: »Schön, dann werd' ich eben deutlich: Er möchte mich stechen, kapiert?«

»Könnte jeder sagen. Hat der denn überhaupt einen Stachel, Ihr Herr?«

»Und was für einen!«

»Kann ich nicht glauben. Wo denn?«

*Nichts wie weg!*

»Wo denn? Ich seh' nichts!«

»Hier...« Sie geht mit der Hüfte ein wenig zur Seite, damit ich sein Werkzeug bewundern kann. Falls er aber glaubt, daß er mich damit beeindruckt, tut er mir leid: Im Vergleich zu unseren Körpergrößen ist meines hundertmal so groß!

»Sehr eindrucksvoll«, lobt sich der Angeber in meinem Namen. »Und wie möchte er das machen, Ihr Herr?«

Er ist wieder hinter ihr, hat die Tatzen auf ihren Brüsten.

*Abheben! Schnell!*

»So...« Sie taucht mit beiden Händen ins Wasser, um ihm den Weg in die naßkalte Grotte zu weisen, den lächelnden Blick auf mir.

»So?« Seine feisten Lippen sind an ihrem Ohr.

»Ja.«

»So...?«

»Ja...!«

Ihr Gesicht kommt noch näher, ihr Atem wird schwer.

Doch als ich nun endlich die Kraft zum Wegfliegen finde, bemerkt sie es nicht einmal.

Ich vergrabe mich im Wohnzimmer in eine Vorhangfalte. Ihre Schreie sind aber bald so laut, daß man sie in der ganzen Siedlung hören kann.

# Dritter Teil

## 1

Die Eifersucht. Ja, mein Lieber, jetzt sollte ich sie kennenlernen. Dabei hat das alles nach menschlicher Zeit vielleicht nur ein paar Minuten gedauert: ihre Schreie, ihr Gestöhne, ihr Gebettel. Seine vulgären Zurufe dazwischen: »Ja, schrei nur, du kleines Flittchen! So ist's recht! Lauter!« Für mich war's eine Ewigkeit in der Hölle.

Jawohl, so weit hatte ich's in meinem Wahnsinn bereits gebracht: Ich, ein Mosquito, war eifersüchtig auf einen Menschen, einen Mann! Und mein Haß auf jenen ersten Rivalen war bestimmt nicht geringer als der, den ich später bei solcher Gelegenheit zu empfinden pflegte. Denn das ist ja genau die Art Menschlichkeit, die eure famose Liebe in einem entfacht: Für den einen Menschen würde man sterben, ja, aber alle übrigen würde man kaltblütig um die Ecke bringen.

Als sie danach zu mir ins Wohnzimmer kommen, haben sie beide Frotteetücher um. Der Mann hat sein Tuch über dem Bauch verknotet, das Mädchen über dem Busen.

*Rosita*... Sie ist so schön wie nie zuvor an diesem Nachmittag, das Rosa bringt ihre Haut auf eine Weise zum Leuchten, daß es mir weh tut, sie anzuschauen. Sie geht zum Kamin, hält die Hände an ein imaginäres Feuerchen: »Herrlich, so ein Kaminfeuer, wie?«

»Einen Whisky, Señorita?« Ihr Freier steht mit selbstgefälligem Lächeln an der Bar.

»Hab' ich ja wohl verdient, Chef.«

»Noch ist nicht Feierabend. Ich fürchte, es könnte heute ein paar Überstunden geben.«

*Gleich wird dir das Handtuch wegrutschen, du Fettwanst!*

»Wer spielt denn hier Klavier?« Sie ist herübergekommen, steht neben meinem Versteck.

»Ich ganz bestimmt nicht.«

Sie hebt den Deckel, tippt mit dem Zeigefinger einige Tasten an. »Spielt sie gut?«

»So was darfst du mich nicht fragen.«

»Warum hast du ihr denn keinen Flügel gekauft, du Geizhals?«

»In der Stadt hat sie einen. Das da ist ihr altes Klavier, sie hat's mit in die Ehe gebracht.«

»Mit in die Ehe gebracht!« lacht sie.

»Zu meiner Zeit hat das jedenfalls so geheißen.«

Sie hat eines der gerahmten Fotos vom Klavier genommen: »Trägt sie die Haare immer so?«

»Wie?«

»So straff nach hinten.«

»Doch, ja.«

»Du hast mir nicht gesagt, daß sie hübsch ist.«

»Da ist sie noch zehn Kilo leichter gewesen.«

»Du bist ja wohl auch nicht gerade schlanker geworden?«

Er kommt mit den Gläsern: »Bei einem Mann ist das doch ganz was anderes.«

»Ach ja?« Sie streckt die Hand nach dem Glas aus.

»*Du* hast doch gesagt, daß du auf Bäuche stehst!« Er hält das Glas außer Reichweite: »Hast du das gesagt, ja oder nein?«

»Ja!«

»Braves Mädchen.« Er gibt ihr das Glas: »Falls du Eis willst, mußt du mit mir in die Küche.«

Sie deutet auf das große Kinderfoto: »Miguelito, Robertito – richtig?«

»Pedrito.«

»Ich dachte, der Kleinere heißt Miguel?«

»Ich spreche vom Großen, der heißt Pedro.«

»Tatsache?«
»Tatsache.«
Sie lachen.

»Pedro! Wie kann man nur ein Kind Pedro nennen?«
»Sein Großvater hat so geheißen.«
»Na und? War der vielleicht eine königliche Hoheit oder so?«
»Der war ein Weinhändler.«
»Pedro!... Wie ist er denn in der Schule?«
»Katastrophal. Wenn er sich nicht ein bißchen anstrengt, bleibt er nächstes Jahr sitzen.«
»Wer sagt das?«
»Sein Schuldirektor.«
»Kannst du ihn nicht bestechen?«
»Hab' ich schon überlegt. Aber dann denkt der Bursche zeit seines Lebens, daß man sich alles kaufen kann.«
»Kann man doch. Und Roberto?«
»Miguel.«
Sie schlägt sich mit der Hand auf die Stirn: »Ich spinne wohl. Mein Kanarienvogel hat so geheißen.«
»Wie kann man seinen Kanarienvogel Miguel nennen?«
»Roberto. Der Name des Vogels war Roberto.«
»Tatsache?... Das genaue Gegenteil: Man sieht ihn immer nur lesen. Eigentlich sollte er längst eine Brille haben. Aber nach den Sommerferien ist er dran!«

»Was ist?«
»Nichts«, in ihrer Stimme sind Tränen.
»Aber was ist denn auf einmal?« Er nimmt ihr das Glas ab, stellt es aufs Klavier.
»Ich fühle mich wie ein Vieh! Wie ein hundsgemeiner Verbrecher komm' ich mir vor!«
»Aber was ist denn los?«
Sie beginnt zu schluchzen: »Ich nehme ihnen den Vater weg! Begreifst du das denn nicht?«
Natürlich nimmt er sie dann in die Arme: »Aber ich hab'

dir doch gesagt, daß das nicht von einem Tag auf den anderen geschieht. Deswegen brauch' ich doch Zeit!«

»Wenn ich dich nur nicht lieben würde! Wenn ich nie diese Anzeige gelesen hätte!«

»Dummes Mädchen…«

Sie schlingt die Arme um seinen Hals: »Ich möchte ein Kind von dir. Drei Kinder! Dann sind wir einer mehr!« Er lacht zärtlich.

Sie stehen lange so da, jeder an seinen Traum geklammert: er an den von der ewigen Jugend, sie an den von der ewigen Geborgenheit. Doch damals hab' ich das natürlich anders verstanden: Zeit, daß du wegkommst, hab' ich mir gesagt: Gleich geht's wieder los!

Ich starte zur Decke, fliege von da zur Stehlampe hinüber, von dort zum Türrahmen und von hier dann, ohne mich umzublicken, in die Küche.

Und diesmal sind sie's, die mir folgen: jeder mit seinem Whisky, Hand in Hand.

## 2

»Nochmals!«

Die Art, wie bei diesem Kühlschrankmodell auf Knopfdruck die Eiswürfel in die Gläser purzeln, begeistert sie genauso wie seine Kinder:

»Das wär' was für meine Mutter! Die trinkt nämlich manchmal sogar ihren Kaffee mit Eis. Wann kommt der denn in den Handel?«

»Zweiter Januar.«

»Genial. Also so was find' ich genial, Tatsache!«

»Auf das Geburtstagskind!«

Sie sitzen am Küchentisch, ich auf der Küchenlampe, direkt über ihnen.

»Wie hast du sie eigentlich kennengelernt? Deine Frau, meine ich.«

»Auf der Straße.«

»Alles Zufall, siehst du?«

»Ihr Klavierunterricht war keine hundert Meter von meinem ersten Büro.«

»Und da hat sie sich einfach so anquatschen lassen?«

»Das nicht, aber ich bin ihr nachgegangen.«

»Bis nach Hause?«

»Bis zur Weinhandlung.«

»Und dann?«

»Dann hab' ich eben eine Zeitlang ziemlich viel Wein trinken müssen.«

»Ferkel.«

»Du mußt das sagen. Deine Verehrer müssen ganze Ladungen Kühlschränke kaufen!«

Sie lacht: »Das ist ganz was anderes!«

»Aber klar!«

»Warst du bei ihr auch der erste?«

Er tupft sie auf die Nasenspitze: »Das geht dich einen Dreck an.«

»Also nein.«

Er zögert: »Ja und nein.«

»Ja oder nein?«

»Ich kann's dir nicht sagen.«

»Aber jetzt sei doch nicht gleich beleidigt! Du weißt doch selber, daß jede Familie ihren Schandfleck hat.«

»So was wie unseren Ring meinst du?«

»Zum Beispiel.«

»Ja, aber ich hab's dir erzählt! Ich hab' Vertrauen gehabt!«

»Es ist ja nicht *mein* Geheimnis.«

»Das mit dem Ring ist auch nicht mein Geheimnis gewesen!«

»Es war schon ein anderer da. Aber es ist nicht freiwillig gewesen, verstehst du?«

»Hat er sie vergewaltigt?«

»Nicht direkt.«

»Nicht direkt?«

»Nein, nicht direkt.«

»Also da komm' ich nicht mir.«

»Also schön, mein Schwiegervater hatte doch diese Weinhandlung. Er hatte damals jahrelang keine Steuern bezahlt. Überhaupt nichts, verstehst du? So was kannst du machen, aber wenn sie dir dann draufkommen, hast du eben eine gewisse Summe parat. Und zwar eine nicht zu kleine, sonst kann's dir nämlich passieren, daß sie dich auch noch wegen versuchter Beamtenbestechung verklagen. Aber er, mein Schwiegervater, ist zu der Zeit total pleite gewesen. Er war jedes Wochenende beim Pferderennen, und es war mitten in der Saison. Und da hat der liebe Herr Steuerfahnder dann eben eine andere Währung vorgeschlagen.«

»Eine Stunde mit dem Töchterchen?«

»Zwei Stunden mit dem Töchterchen. Dann und dann, in dem und dem Hotel. Damit sei die Sache erledigt.«

»Und?«

»Was und?«

»Ist sie hin?«

»Zuerst wollte sie natürlich nicht, und der Vater hat's auch nicht gewollt... Die Mutter hat sie schließlich überredet.«

»*Ihre* Mutter?«

»Natürlich ihre! Sie ist mit ihr ins Hotel und hat in der Halle gewartet, bis es vorbei war.«

»Wie lang hat's denn gedauert?«

»Er hat sich genau an die Abmachung gehalten.«

»Und dann sind sie wieder heim.«

»Entzückende Mutter.«

»Sag' ich doch.«

»Da ist meine ja eine Heilige daneben.«

»Ich hab' dich gewarnt.«

»Und der Papi?«

»Der Papi hat bis zu seinem Tod so getan, als wüßte er gar nichts. Aber kurz nach der Sache hat er ihr dann plötzlich ein Klavier gekauft. Auf Kredit.«

»Das da drüben?«

»Jawohl. Ein Klavier ist der Traum ihres Lebens gewesen. Aber vorher hatte er sich immer geweigert.«

»Aber für das Geld hätte er doch den Kerl bestechen können?«

»Sie sagt, sie hat's nie begriffen.«

»Aber in diesem Fall hätte sie kein Piano gekriegt, wie?«

»Wahrscheinlich nicht.«

»Wär' ihr das lieber gewesen?«

»Du bist vielleicht pervers!« Er lacht.

»Frag sie doch mal?«

Er füllt die beiden Gläser nach: »Versprich mir, daß du das jetzt sofort wieder vergißt! Sie bringt sich um, wenn sie's erfährt.«

»Und du vergißt das andere.«

»Welches andere?«

»Den Ring.«

»Und ich vergesse den Ring.« Er hebt sein Glas! »Auf die Familie!«

»Auf das Vaterland!« Sie beginnt albern zu lachen: »Ich glaube, ich hab' einen sitzen. Ist das möglich? Ich meine, nach einem einzigen Glas?«

»Weil du nichts im Magen hast, Kind!« Er steht auf, geht zum Kühlschrank: »Was möchten Sie denn speisen, Señorita: Hier gibt es Käse, Eier, Schinken... Ihr Vorgesetzter hat an alles gedacht.«

»Spiegeleier!«

»Wird gemacht.« Er nimmt die Schürze vom Haken, bindet sie sich um.

»Aber ein bißchen schnell!« kichert sie.

»Hier kocht...?« Sie versucht, die Inschrift auf seiner Küchenschürze zu lesen.

»Hier kocht der Chef!«

»Von ihr?«

»Von meinen Söhnen.«

»Dann dürfen Sie sie anbehalten.«

»Und wie viele Eier, das Fräulein?«

»Drei. Vier!«

»Da hab' ich Sie wohl ganz schön hergenommen?«

»Jawohl, Chef.«

»Falls Sie glauben, daß ich mit Ihnen fertig bin, haben Sie sich aber getäuscht. Ich will Sie bloß zuerst noch ein bißchen mästen.«

Er dreht die Herdplatte an, holt die Bratpfanne. Und als er dann das erste Ei aufschlagen will, läutet das Telefon, und er schaltet den Herd wieder aus.

3

»Geh nicht hin«, sagt das Mädchen.

»Zu verdächtig.«

»Du könntest doch am Strand sein?«

»Ich bin aber zum Arbeiten hergekommen.«

Sie verstellt ihm den Weg: »Geh nicht!«

»Aber was ist denn? Deine Mutter wird's doch wohl nicht sein?«

»Meine Mutter?« Sie lacht. »Wieso meine Mutter? Die weiß doch gar nicht, wo ich bin!«

Er tätschelt ihre Wange. »Ich mach's kurz.«

Als er drüben im Schlafzimmer den Hörer abnimmt, hält sie sich beide Hände an die Ohren, aber nur einen Augenblick. Dann dreht sie den Kopf in die Richtung seiner Stimme, die nun erleichtert und zugleich ungeduldig klingt: »Aber kann dir denn da die Mami nicht helfen? Also gut, lies vor. Klar komm' ich heim. Noch bin ich nicht so vergreist, daß ich meinen eigenen Geburtstag vergesse!... Langsamer. Doch nicht schon wieder eine ägyptische Pyramide! Euren Mathematiklehrer sollte man nach Ägypten schicken! Lach nicht! Wie heißt die Hauptstadt von Ägypten? Konstantinopel, spinnst du? Die Hauptstadt von Ägypten heißt Kairo, jawohl!«

Wir begeben uns nun beide zu ihm ins Schlafzimmer, ich oben, sie unten – ihr Whiskyglas hat sie dabei. Als sie sich zu ihm aufs Bett setzt, hält er die Hand auf die Muschel, dreht in gespielter Verzweiflung die Augen zur Decke. »Mein Sohn!«

»Also noch mal: Eine ägyptische Pyramide hat ein Quadrat als Grundfläche und Dreiecke... gleichseitige Dreiecke, jawohl, weiter... Wie viele Wagen *Schutt*, bist du sicher? Ich meine, sonst will er doch immer alles in Wein- und Bierfässern, dein Lehrer?«

Als das Mädchen nun zu kichern beginnt, gibt er ihr ein Zeichen, daß sie sich wegdrehen soll. Sie wendet ihm gehorsam den Rücken zu, rutscht zum Bettrand der entgegengesetzten Seite, senkt den Blick auf ihr Glas.

»Also gut, jetzt denk mal nach«, sagt der Mann: »Weil du nicht mitdenkst! Wie findet man den Inhalt einer Pyramide? Die Formel, jawohl: I ist gleich G mal h, weiter! Geteilt durch drei, bist du sicher? Also gut, dann mach's doch so! Und jetzt laß mich in Ruhe, ich bin schließlich zum Arbeiten hergekommen! Aber mit der hab' ich doch vorhin schon geredet? Also schön, dann gib sie mir, aber rasch!«

Er setzt sich nun auf seiner Seite ebenfalls auf die Bettkante, nimmt den Hörer von der linken Hand in die rechte, streift sich die Schürze glatt: HIER KOCHT DER CHEF – jetzt wäre es mühelos abzulesen. Es war wohl sein letzter glücklicher Augenblick.

# 4

»Hör mal, meine Gute, ich bin aber zum Arbeiten hergekommen!«

Aus meiner Ventilatorperspektive sitzen die beiden fast symmetrisch, Rücken gegen Rücken, er auf die Muschel des Hörers blickend, sie auf ihr Whiskyglas.

»Wer hat denn gesagt, daß ich beleidigt bin? Vergessen wir das jetzt. Aber das nächste Mal solltest du dir's vielleicht doch ein bißchen überlegen, bevor du dich auf einen anonymen Anrufer einläßt. Ich? Wieso denn? Ich meine, bin ich je nachtragend gewesen? Also übertreiben mußt du jetzt aber auch nicht gleich wieder!«

Als er nun lacht, wendet er sich gleichzeitig zu dem Mädchen um, wohl in der Absicht, diesen doppelten Sieg der Unmoral mit einer Geste des Einverständnisses zu feiern. Doch obgleich sie dies allein schon aus dem veränderten Stimmvolumen erkennen müßte, bleibt ihr Blick auf dem Glas.

Vielleicht ist es gerade dieser Mangel an Beifall, der ihn nun sein Spiel eine Stufe höher treiben läßt: »Was hättest du denn gemacht? Ich meine, ganz theoretisch: Was hättest du getan, wenn sich herausgestellt hätte, daß ich wirklich mit dieser Blondine hier bin – mit dieser *falschen* Blondine? Doch, das interessiert mich: Was hättest du getan?«

Wieder wendet er sich zu ihr, wieder bleiben ihre Augen auf dem Glas, das sie nun mit beiden Händen hält.

Wäre das nicht *die* Gelegenheit?

Worauf wartest du? Flieg hin! Mach dich bemerkbar! Vielleicht erschlägt sie dich, wenn sie dich sieht. Aber, was hast du schon zu verlieren? Was wäre dein Leben ohne sie noch wert?

Ich gleite hinab, lautlos, umkreise sie zweimal, hänge mich beim dritten Mal an ihr Glas. Seitlich, direkt neben ihrem Zeigefinger. Ich weiß, daß ich so zu ihrem Blickfeld gehöre. Ob sie mich sieht, weiß ich nicht: Ihre braunen Augen sind völlig ausdruckslos.

»Ausgerechnet zu dem«, lacht jetzt der andere in seinen Hörer. »Seit wann macht der überhaupt Scheidungen? Hab' ich nicht gewußt, Tatsache. Wer, ich? Hab' ich nicht gemerkt. Hab' ich tatsächlich nicht gemerkt, daß ich neuerdings dauernd Tatsache sage!« Bei diesem Satz wendet er wieder den Kopf zu ihr hin, das erkenne ich an der Stimme. Was ist mit ihr los? Warum schaut sie nicht zu ihm hin?

Oder bin ich's, dem nun ihre Aufmerksamkeit gilt?

Aber natürlich bist du's, du Trottel!

Hier, jetzt streckt sie dir auch noch ihren Finger hin! Ihren Finger? Wozu denn das?

Damit du ihr auf die Hand kletterst – bist du vielleicht schwer von Begriff!

So, und jetzt weiter! Sie hat dich zu einem Spaziergang auf ihrem Arm eingeladen, merkst du das nicht? Weiter, worauf wartest du? Weiter!

Geheuer ist mir die Sache wahrhaftig nicht. In ihrer Armbeuge halte ich an, sehe zu ihrem Gesicht hinauf: Kein Wimpernschlag durchbricht den lackierten Blick. Doch dann bewegen sich plötzlich ihre Lippen. »Stich mich!« flüstert die Schmetterlingsstimme zu mir hinab.

Du hast dich verhört! sag' ich mir.

»Stich mich!«

Du hast dich verhört! Das wäre ja wohl das erste Mal, daß ein Mensch einen Mosquito einlädt, ihn zu stechen!

»Heiß, was sonst?« sagt unterdessen der andere zu der anderen. »Vielleicht, wenn ich fertig bin. Ich sage, wenn ich mit der Arbeit fertig bin, geh' ich vielleicht noch kurz ins Wasser. Keine Menschenseele. Nicht einmal Mäuse hab' ich diesmal gesehen. Auch keine Kakerlaken, nein. Im Schlafzimmer sind ein Haufen Mosquitos gewesen, das war alles. Hab' ich getan, gnädige Frau! Wenn ich ihn nicht gefunden hätte, hätt' ich ja wohl nicht sprühen können, oder?«

Als er das sagt, sieht er wohl nochmals zu ihr herüber. Jedenfalls ist es der Augenblick, in dem sie mir zum dritten Mal zuflüstert, ich solle sie stechen. Aber offenbar hat sie bereits die Geduld verloren. Denn gerade als ich nun meinen erstaunten Blick von ihrem Gesicht wenden und ihrer verblüffenden Anweisung nachkommen will, sehe ich, wie sie Luft holt. Und dann geschieht folgendes beinahe gleichzeitig: Sie springt mit einem markerschütternden Schrei auf die Füße, läßt das Glas auf den Steinboden sausen und schlägt mit der Linken brutal auf die Stelle, auf der ich sitze.

Aber nein, mein Freund, das ist noch nicht mein letztes Stündchen gewesen. Ihre Hand war nämlich bei dem Attentat nicht ganz geschlossen, ich komme zwischen zwei ihrer entzückenden Finger zu liegen. Jedenfalls erwache ich gleich danach unter dem Bett, mitten in einer Whiskypfütze.

»Hallo?« Die Stimme des Mannes zittert vor Selbstbeherrschung: »Wir sind unterbrochen worden! Was für ein Schrei? Eine Frau? Nicht bei mir, mein Schatz. Nein, hab' ich nicht gehört. Aber ich sag's dir doch, das muß in der Leitung gewesen sein. Du weißt doch, in welchem Zustand die Telefone sind, jeder fünfte Anruf ist in diesem Land... Jetzt geht das schon wieder los! Schluß!«

Als er den Hörer aufknallt, taumle ich auf sechs Whiskybeinen zum Fußende des Bettes und von dort mit stinkenden Whiskyflügeln zum Ventilator hinauf.

## 5

»Ich fühle mich wie eine Laus!«

Sie hält beide Hände vors Gesicht. Das rosa Badetuch ist von ihr gerutscht, ihre Füße stehen nackt zwischen den Glasscherben. Der Mann wendet ihr langsam den Kopf zu, seine Hundeaugen gleiten müde an ihr hinauf.

»Aber ich kann doch nichts dafür!« Sie hält ihm anklagend ihren Arm hin: »Hier, schau dir das an! Ich weiß, daß es nur ein Mosquito war, aber wenn ich erschrecke, erschreck' ich! Du solltest mich mal im Kino erleben, wenn plötzlich einer mit dem Messer hinter dem Vorhang steht, oder so: Da brüll' ich dermaßen los, daß sich alle umdrehen!

Gegen so was bist du machtlos! Das geht bei mir nicht übers Gehirn, verstehst du? Das geht direkt von hier nach hier...« Sie hält zwei Fingerspitzen zuerst auf die Armbeuge, dann auf die Lippen, harrt dort gleichsam auf ein erlösendes Wort von ihm.

Und natürlich sieht er jetzt nicht nach, ob in ihrer Armbeuge tatsächlich ein Mosquitostich ist. Er wendet sich lediglich von ihr ab – so angeekelt, daß ich ihn zum ersten Mal bewundere.

»Aber ich kann doch nichts dafür!« schreit sie verzweifelt. »Was soll ich denn machen?«

Er greift zum Telefonhörer: »Halt jetzt den Mund.«

»Ich bin ein Schwein«, sagt er, als auf der anderen Seite abgenommen wird.

»Es ist eine hier, ja. Nein, du hattest dich nicht verhört. Die Neunzehnjährige, jawohl, die Blonde. Deine Information war absolut korrekt. Das sag' ich doch: Ich bin ein Schwein! Sie ist von einem Mosquito gestochen worden. Von einem Mosquito, jawohl! So was Blödes erfindet doch keiner!«

»Sie sitzt neben mir, ja. Aber jetzt mach doch nicht so ein Drama! Wo sind denn die Kinder? Wo die Kinder sind, frag' ich dich! Dann nimm dich bitte zusammen, du mußt doch auch an die Kinder denken! Aber jetzt hör doch auf mit der Heulerei, das ist ja noch nicht der Weltuntergang! Ich hab' dir da einen ganz miesen Trick gespielt, geb' ich zu, aber das Ende der Welt ist so was nun wirklich nicht! Solche Sachen kommen eben mal vor! Ich meine, ich bin ja auch nur ein Mann! Schau dich doch um: Nenn mir *einen*... nenn mir *einen*, der nicht ab und zu mal eine kleine Abwechslung braucht! Geb' ich ja zu, oder? Weil's nun mal Fälle gibt, wo das Lügen moralischer ist! Hätt' ich dir's vielleicht sagen sollen? Hätt' ich sagen sollen, meine Liebe, morgen ist mein Geburtstag, da würd' ich mir gern mal eine Neunzehnjährige... Was würde das denn ändern, verdammt noch mal? Bitte sehr, was wäre anders, wenn ich mit ihr in ein Hotel gegangen wäre? Die Nachbarn, die Nachbarn! Falls das alles ist, was dir Sorgen macht, kann ich dich beruhigen: Es hat uns keiner ins Haus gehen sehen: Es ist nämlich gar keiner da!... Hallo? Hallo?«

# 6

»Was suchst du?«

Das Mädchen kriecht auf dem Boden, den Kopf unter dem Bett. Offenbar hat er erst jetzt bemerkt, daß sie sich angezogen hat.

»Meine Schuhe.«

»Wir gehen noch nicht.«

»Ich schon.«

»Willst du zu Fuß in die Stadt zurück?«

»Mich siehst du nie wieder!«

Er lacht: »Jetzt werd' du mir nicht auch noch hysterisch!«

»Hysterisch?« Ihr blonder Schopf kommt herauf: »Aber wieso denn hysterisch? Ein Mann braucht nun mal seine kleine Abwechslung, wegen so was wird man doch nicht hysterisch?«

»Aber das hab' ich doch bloß gesagt, damit sie sich beruhigt. Die Kinder sind doch direkt daneben gewesen!«

»Die Kinder, ach so! Das gibt's wohl nicht, daß einer wie du keine Ausrede hat?«

Ihr Kopf verschwindet hinter dem Bett.

»Aber meine Mutter hat mich gewarnt!« kommt ihre Stimme. »Du denkst, daß der dich heiraten wird? Arme Irre! Wenn's hart auf hart kommt, finden die doch immer eine Ausrede, diese reichen Herren!«

»Ich habe gesagt, daß ich Zeit brauche.«

»Das sagt sie ja!« Ihr Kopf kommt triumphierend herauf: »Nur bis die Schule anfängt, wie? Und dann nur, bis dein Sohn besser in Mathe ist! Und dann nur, bis deine Frau ihre Gallensteine oder sonstwas hinter sich hat! So hast du's wahrscheinlich mit meiner Vorgängerin gemacht, was? Aber nicht mit mir! Nicht mit mir, hörst du? *Ich* schlucke keine Tabletten, das geb' ich dir schriftlich!«

»Im März! Hab' ich das gesagt, ja oder nein?«

»Jawohl, das hast du gesagt. Aber verrat mir doch: Wenn du jetzt schon die Hosen voll hast, wie sagst du's ihr dann im März? Mein Schätzchen, du erinnerst dich an diese Blondine? Die von meinem Geburtstag, richtig! Die kleine Abwechslung! Also, die gefällt mir jetzt eigentlich doch. Ich werd' sie sogar heiraten, ist das nicht komisch?... Verdammt!«

Sie kommt wieder herauf, mit den Sandalen diesmal, untersucht ihren blutenden Daumen.

»Verdammt!« Jetzt sagt sie es schluchzend.

»Was ist?«

»Ich hab' mich an den Scherben von diesem verdammten Whiskyglas geschnitten!«

»Zeig!«

Sie versteckt die Hand hinter dem Rücken: »Nichts. Es ist nichts, wirklich!«

»Zeig her!« Er packt sie am Handgelenk: »Das ist ein ganz schöner Schnitt... Bleib so. Da ist doch irgendwo ein Verbandskasten gewesen?«

Der Verbandskasten ist im Bad. Er bringt ihn, legt ihr ein Pflaster um die Wunde: »So ein dummes kleines Mädchen... Hier! Siehst du, wie der Papi das kann?«

Er will sie in die Arme nehmen.

»Nein!« Sie entwindet sich schluchzend. »Wo sind meine Ohrringe? Hast du meine Ohrringe gesehen?«

»Aber das ist doch lächerlich!«

»Ich will meine Ohrringe haben!« Sie tastet mit tränenblinden Augen zwischen den Kosmetika seiner Frau.

»Neben dem Telefon.«

»Danke.«

»Also schön, dann wart einen Moment. Ich muß hier bloß noch ein bißchen aufräumen, dann fahr' ich dich heim.«

»Nicht nötig, Herr Direktor, besten Dank...« Sie heftet sich mit fahrigen Händen die Ohrringe an: »Lassen Sie mir einfach mein letztes Gehalt schicken. Das hab' ich ja wohl verdient, oder? Auf dem Strich wäre Ihnen eine wie ich sicher ein bißchen teurer gekommen!«

Sie streift sich die Armbänder über, hebt ihr Täschchen auf.

»Aber jetzt sei doch nicht kindisch!« lacht der Mann. »Du weißt genau, daß um diese Zeit kein Omnibus geht!«

»Omnibus? Wer spricht denn von Omnibus? Eine wie ich hat ihr Auto immer dabei! Ich brauch' nämlich nicht mal die Hand auszustrecken, damit sie neben mir halten. Die andern Männer möchten ja auch ab und zu mal eine kleine Abwechslung, hab' ich recht?«

Das schöne Mädchen ist jetzt nur noch eine verheulte kleine Kreatur, und ihr Weinen zerreißt einem das Herz.

Er umarmt sie: »Genug jetzt. Du fährst mit mir!«

Sie stößt ihn zurück: »Laß mich los!«

»Aber ich liebe dich doch, verdammt noch mal! Ich liebe dich wirklich, verstanden?«

Sie biegt ihr nasses Gesicht zurück, deutet mit dem Kinn auf das Telefon. »*Ihr* mußt du das sagen!«

»Ich werd's ihr sagen. Ich geb' dir mein Wort.«

»Jetzt!«

Sie nimmt den Telefonhörer, hält ihn mit ausgestrecktem Arm zu ihm hin: »Wenn's dir wirklich ernst ist, sagst du's ihr jetzt. Die Hälfte weiß sie ja schon!«

Er weicht einen Schritt zurück: »Nach Weihnachten... Nach Weihnachten sag' ich's ihr, ich versprech's!«

»Nach Weihnachten, ach so?«

Sie legt mit einem Aufschluchzen den Hörer auf die Gabel, schultert ihr Täschchen und geht, ohne ihn anzuschauen, aus dem Zimmer.

Mit mir natürlich.

An der Haustür holt er uns ein.

»Sie oder ich«, sagt sie mit tränenüberströmtem Gesicht: »Jetzt!«

# Vierter Teil

I

Da, hören Sie! Hören Sie sich das an! Ist das nicht grandios? Alles ist Musik, und überall ist der beste Sitzplatz: John Cage hat das gesagt. Und wo anders als in Manhattan könnte es ihm eingefallen sein?

Nein, das sind Polizeisirenen.

Das hier ist ein Krankenwagen: Hören Sie den Unterschied?

Und gleich noch einer! Das muß was Größeres sein… Hier! Ist das nicht phantastisch?

Danke, junger Mann. Aber natürlich nehmen wir noch eine Flasche!

Dieser Kellner ist wirklich aufmerksam. Normalerweise muß man sie um jeden frischen Aschenbecher erst hundertmal bitten. Sofern sie einen überhaupt noch rauchen lassen! Ein Witz, nicht wahr? Da versinkt diese Stadt in Drogen und Verbrechen, überall liegen die Obdachlosen herum – aber die Nichtraucher sind's, um die sich die Stadtväter sorgen.

Zum Wohl!

Apropos, wir haben zwar gesagt, daß wir das Theoretische für später aufschieben… Aber soll ich Ihnen sagen, was die Tiere an den Menschen oft wirklich wundert? Nicht der Sex, wie Sie jetzt vielleicht denken. Wenn es etwas gibt, worüber ein Tier nicht staunt, ist es wohl das. Auch nicht die Art, wie sie gemeinsam an gedeckten Tischen sitzen, wenn sie die Nahrung durch die eine Öffnung in sich hineinstopfen und sich dann allein in ein Zimmerchen sperren, wenn sie sie durch die andere wieder hinauspressen…

Nein, auch unser ewiges Gerede wundert sie nicht. Das sie übrigens verstehen, und zwar alle. Bis auf die Fische, aber die sind ja ohnehin schwer von Begriff. Wissen Sie, wie ein Fisch merkt, daß er nicht mehr im Wasser ist? Gut, heben wir das lieber für später auf... Sie meinen die Tiere? Aber natürlich haben die Humor!

Wo war ich denn? Ach so, ja, eben: Die Vielfalt der Getränke ist's, worüber man sich als Tier zuweilen wundert. Und vor allem die Folgen: Warum hat die Frau jedesmal diese elenden Schlager geklimpert, wenn man ihr von einer bestimmten Flüssigkeit gegeben hat? Warum hat ihr normalerweise so ausgeglichener Mann auf dieselbe Substanz mit Streitsucht und Grobheit reagiert – ihr einmal sogar den Klavierdeckel auf die Finger geknallt, als sie mit der Darbietung nicht aufhören wollte? Warum kommen dem einen Säufer Tränen des Selbstmitleids, während einer wie ich immer noch ein bißchen redseliger wird? Schießbudenfiguren, das ist's, was der Alkohol aus den Menschen macht. Daß einer nach soundso viel Flaschen von diesem schweren kalifornischen Rotwein trotzdem noch so zuhören kann, ist wahrhaftig die Ausnahme. Doch das hat wohl auch mit dem Tier zu tun, das Sie waren: Das sitzt auch so da, mit gesenktem Kopf, stundenlang. Und ab und zu schaut es dann zu einem herüber – mit einem Blick, der genau so ist wie der Ihre in diesem Moment.

Nein, ich sag's Ihnen nicht! Das merken Sie nachher nämlich ganz von allein!

## 2

Also gut, wo sind wir gewesen? Als er ins Schlafzimmer geht, um seine Frau anzurufen? Jawohl, vom Flur geht er ins Schlafzimmer zurück, um ihr mitzuteilen, daß er sich scheiden läßt. Natürlich lauscht das Mädchen Rosita zunächst ein wenig an der geschlossenen Tür. Doch als sie hört, daß er tatsächlich eine Nummer wählt, geht sie ins Wohnzimmer und macht auch diese Tür zu.

Und natürlich bin ich bei ihr.

Soweit ist es mit mir gekommen, ja. Vor wenigen Minuten hat sie versucht, mich umzubringen. Auf die kaltblütigste Art hat sie versucht, mich für ihre miesen Zwecke einzuspannen. Aber statt bei dem anderen zu bleiben, statt es zu genießen, wie dieser feiste Kerl sich nun selber die Schlinge um den faltigen Hundehals legt, vielleicht dabei sogar noch ein bißchen an ihm herumzunuckeln – inzwischen habe ich wieder ein wenig Appetit –, folge ich ihr.

Sie tritt ans Klavier, blickt lange auf die Fotos. Das der Frau dreht sie schließlich um, vor dem der Kinder bekreuzigt sie sich.

Nun geht sie zur Glastür, schiebt den Vorhang zurück, rüttelt am Griff. Doch mit diesem neuen Schloß kommt nicht einmal die andere zurecht – jedesmal muß sie erst ihren Mann rufen.

So schauen wir denn durch die Glasscheibe, ich ein paar Zentimeter über und hinter ihr. Das alles habe ich so lange nicht mehr gesehen, daß es mir fremd vorkommt: Der leere Strand ist blond wie ihr Haar, das Meer dahinter grün wie ein Golfgelände. Nach dem Stand der Sonne müßte es fünf Uhr nachmittags sein, doch die Hitze hat wohl kaum nachgelassen.

Sie greift gedankenverloren über sich in die Luft. Habe ich zuviel Lärm gemacht? Danach zieht sie den Vorhang wieder zu, geht ins Zimmer zurück, zu einem der Sessel, zieht mit einem Ruck den Schonbezug weg. Und nun tut sie etwas absolut Überraschendes: Sie bekreuzigt sich – vor dem rosageblümten Sessel der anderen, jawohl –, kniet nieder, bekreuzigt sich wieder, beginnt zu beten.

Was Beten ist, weiß ich als Mosquito natürlich noch nicht. Ich sehe nur, wie sie lautlos ihre herrlichen Lippen bewegt. Wie sie dazwischen immer wieder nach dem goldenen Kreuzchen greift, es hochhebt und küßt. Und wie ihr schließlich die Tränen über die Wangen laufen: kein theatralisches Geschluchze wie vorher, kein Klagelaut. Nur diese lackierten Tropfen aus den lackierten Augen.

Und ich spüre, wie mich nun von neuem dieses unerklärliche Verlangen überfällt. Nicht nach irgendeinem Körper, sondern nach dem *ihren*. Nicht nach irgendeinem Blut, sondern nach dem, das *sie* nährt. *Liebesdurst*, Sie sagen es: Die Liebe hatte nämlich begonnen, mir ihren nächsten Streich zu spielen.

Denn nicht einmal jenes allererste Mal ist mir dieses Stadium der Krankheit erspart geblieben: der totale Verlust an Würde, den sie einem früher oder später beschert. (Dem Liebenden meine ich natürlich, nicht dem, der sich lieben läßt.) Da hat mir dieses hübsche Mädchen gerade noch bewiesen, wie gleichgültig ich ihr bin. So gleichgültig, daß es sie nicht einmal interessiert, ob ich ihr Attentat überlebt habe. Und hier hocke ich auf einer Sessellehne, zerfließe vor ihren Tränen. Überlege, wie ich mich mit dem geringsten Ehrverlust (als ob es noch etwas zu verlieren gäbe!) noch einmal an sie heranmachen kann.

Und diese Erinnerung an die eigene Würdelosigkeit ist es wohl, was unerfüllte Lieben auch noch nach Jahren so schmerzlich macht. Nicht, daß man den anderen jetzt noch begehrte: Da Liebe immer Verherrlichung bedeutet, ist man im Zustand der Ernüchterung immer froh um jeden, den man *nicht* bekommen hat. Wie er auch sein mag – im Vergleich zu dem, was man damals in ihm sehen wollte, wird er bei einer späteren Begegnung auf jeden Fall mittelmäßig wirken. Ihm kann man daher auch von ganzem Herzen verzeihen – nur sich selber entschuldigt man nicht. Daß man vor einer so mediokren Figur einmal in die Knie gegangen ist, wie soll man das jemandem erklären?

Denn schon beginne ich nun, mir Eselsbrücken (was für ein Wort in Anbetracht der Integrität dieser Tiere!) zu meiner Angebeteten zu bauen. Falls du sie wirklich liebst, darfst du jetzt nicht an dich selber denken, sage ich mir. Schau sie doch an: Siehst du nicht, wie sie leidet? Vergiß deine Eitelkeit, flieg hin! Laß sie spüren, daß sie hier nicht allein ist! Was wäre das für eine Liebe, die nur auf Gegenseitigkeit funktioniert – ein Handel, ein Geschäft!

3

Schon setze ich auf ihren gefalteten Händen zur Landung an. Ich hocke mich aber nicht auf die nackte Haut, sondern auf das Pflaster an ihrem linken Daumen: Sie soll nicht denken, daß mich die Fleischeslust zu ihr treibt.

Diesmal sieht sie mich sofort: »Du…?«

Ein einziges Wort nur, und ich zittere vor Glück. Die helle Schmetterlingsstimme. Die hellen Tränen darin. Das freudige Staunen.

Wenigstens habe ich soviel Rückgrat, nicht gleich eine Antwort zu geben: Ich bewege mich nicht.

Sie beginnt zu schmollen: »Also sag schon – bist du's, oder bist du's nicht? Ich meine, bist du der aus dem Bad, oder bist du ganz einfach irgendeiner?«

Ich bewege mich nicht!

»Weißt du, was? Wenn du der bist, der vorhin auf dem Wasserhahn gesessen ist, dann gibt mir ein Zeichen. Warte, ich sag' dir, was du machen sollst. Dreh dich. Dreh dich einfach um die eigene Achse. Das heißt dann, *ja, du bist's*. Verstanden?«

Doch so einfach mach' ich's ihr nicht: Ich bleibe hokken, verhalte mich still.

Ihr Gesicht kommt nun näher: »Aber was ist denn los? Du verstehst mich doch! Ich seh' dir an, daß du mich verstehst!«

Ihre Augen betrachten mich amüsiert, ihr Lächeln bescheint mich wie eine warme kleine Sonne: »Natürlich bist du der vom Wasserhahn: Ich erkenn' dich doch wieder! So einen hübschen Mosquito *kann* es nur einmal geben!«

Und jetzt halt' ich's nicht mehr aus: Ich drehe mich, drehe mich. Drehe mich so lange, bis ich schwanke, torkle, kippe. Und sie lacht, lacht, lacht.

Und auf einmal kommt's ihr dann in den Sinn: »Bist du auch der andere? Ich meine, bist du der, den ich vorhin…«

Ich gebe ihr mein Zeichen. Nicht freudig diesmal. Ich dreh' mich nur einmal, und zwar langsam, gekränkt.

»Aber ich dachte, ich hätte dich erwischt?«

Ich drehe mich in die entgegengesetzte Richtung.

»Nein?«

*Nein, meine Liebe, ich lebe!*

»Tut mir leid. Tut mir leid, ehrlich! Aber wie sollte ich denn wissen, daß du das bist? Ihr seht doch alle gleich aus!«

Sie beißt sich auf die Lippen. Offenbar ist es ihr eingefallen, daß sie gerade noch gesagt hat, wie besonders ich bin.

»Aber ein bißchen bist du auch selber schuld, findest du nicht? Warum hast du mich nicht gestochen? War das zuviel verlangt? Ich meine, du bist doch schließlich ein Mosquito!«

*Und dann? Hättest du mich dann vielleicht nicht erschlagen?*

»Was ist denn? Bist du jetzt beleidigt? Ich meine, du lebst doch, oder? Ich hab' dich ja nicht erwischt? Und ich hab' auch nicht zugeschlagen, um *dich* zu treffen. Es war nichts Persönliches, verstehst du? An dich hab' ich dabei überhaupt nicht gedacht!«

Sie scheint aber nun selbst zu merken, daß sie's nur schlimmer macht: »Los, gib mir ein Zeichen«, schmollt sie. »Sag mir, daß du mir verziehen hast. Mach schon!« Ich bewege mich nicht.

»Also gut, dann eben nicht. Ganz wie du willst!«

Und natürlich denkt sie, daß sie mich so kleinkriegt. Doch ich rühre mich nicht.

4

Es war einer der seltenen Fälle, da Charakter sich bezahlt machte. Denn jetzt hat sie eine andere Idee: »Willst du dich rächen? Willst du dich an mir rächen, sag? Das wär's doch: Dann wären wir quitt, oder?«

Ohne meine Antwort abzuwarten, hält sie mir ihr linkes Handgelenk so an den Verband, daß ich mühelos hinüberklettern könnte: Unter der zarten Hautdecke schimmern ihre himmelblauen Blutbahnen verlockend wie nie zuvor.

»Da, räch dich! Stich zu!«

*Den Teufel werde ich das tun, auf diesen Trick bin ich schon mal reingefallen!*

Ich bewege mich nicht.

So muß sie denn jetzt wohl oder übel ihr Angebot erhöhen: »Das ist dir wohl nicht interessant genug, wie?«

Die Hand mit dem Verband – und mit mir – ausgestreckt haltend, steht sie aus ihrer Kniebeuge auf, geht zur Couch hinüber, zieht mit der anderen nun auch dort den Schonbezug weg.

»Da, schau mal, was ich jetzt mache...«

Sie legt sich mit vorsichtigen Bewegungen auf die Couch, streckt die Beine aus. Den Kopf legt sie auf die Lehne, damit sie mich beobachten kann. Mit der Rechten schiebt sie nun ihr Leibchen bis zum Kinn, legt die Verbandhand – die mit mir – auf ihren nackten Oberkörper.

»Da, mein Süßer, bedien dich! Laß es dir gutgehen, los!«

Und als ich mich noch immer nicht bewege – nicht mehr aus Gekränktheit jetzt, sondern aus reiner Verblüffung –, erhöht sie die Offerte abermals: Sie öffnet nämlich nun auch noch den Reißverschluß ihrer Jeanshose, schiebt diese ein Stückchen hinunter.

»Hier, mein Kleiner«, lächelt sie. »Räch dich! Such dir was aus!«

Und als ich noch immer nicht reagiere: »Ach so, du hast Angst? Aber ich tu dir doch nichts. Stich mich! Saug dich satt! Ich mach' dir nichts, Tatsache!«

Und jetzt kann ich endlich handeln.

Handeln? Von ihrem amüsierten Blick begleitet, torkle ich wie ein Betrunkener über ihre Landschaft. Wie ein Kind, das man in einen Spielwarenladen entläßt, renne und hüpfe ich von Ort zu Ort, ohne mich für eines ihrer tausend Mirakel entscheiden zu können.

Und diesmal entgeht ihr nicht die kleinste Geste: »Na?« sagt sie dazwischen immer wieder aufmunternd. »Na?«

Und beim Nabel dann: »Aber da warst du doch schon. Das bist doch du gewesen, oder? Mir machst du doch nichts vor!«

Die Brüste, denke ich und rase in Richtung Norden, wo das Dilemma von neuem beginnt: Welchen ihrer herrlichen Berge soll ich nehmen, den rechten, den linken? Welcher ist weißer, zarter, fester, steiler? Warum müssen es auch zwei sein, verdammt noch mal!

## 5

Sie sehen, daß ich zögerte, mein Freund aus dem in Dingen der Fleischeslust so toleranten Kalifornien. Denn sogar Ihnen muß es schwerfallen, mir das nun Folgende abzunehmen. Doch ich kann Ihnen nur immer wieder versichern, daß ich die Wahrheit und nichts als die Wahrheit sage. Was hätte ich davon, Sie zu beschwindeln? Diese Geschichte ist unwahrscheinlich genug, warum also etwas dazuerfinden? Außerdem kann man gerade das jetzt Kommende nicht erfinden.

Auf so etwas kommt nur einer, der es erlebt hat. Und zwar am eigenen Mosquitoleib!

Denn das Mädchen Rosita selbst ist's schließlich, das mir die Qual der Wahl abnimmt. Es legt die rechte Hand um den rechten ihrer steilen Riesen, damit er noch steiler wird, lädt mich mit einem hellen kleinen Lachen zur Gipfelbesteigung ein: »Wie wär's denn damit, mein Herr? Nein, nicht fliegen – zu Fuß, wenn ich bitten darf! Ohne Fleiß kein Preis, verstanden?«

Und natürlich lasse ich mich nun nicht mehr lang bitten. Von ihren freundlichen Zurufen ermuntert, beginne ich emporzuklettern. Leichtfüßig zuerst. Dann – weil ich zumindest erahne, daß es so aufregender für sie wird – mit kalkulierter Langsamkeit.

»Weiter«, sagt sie, wenn ich eine Pause mache, »weiter...«

Und als ich dann den Hof ihrer schimmernden Brustwarze erreiche: »Na also, geschafft! Und jetzt noch zum Gipfel! Das möchtest du doch, mein Kleiner? Ich seh' dir's doch an!«

Es wird noch märchenhafter; denn während ich jetzt, an mein letztes Hindernis gelehnt, mit kokettem Zögern stehenbleibe – ein Mensch hätte sich in vergleichbarer Situation eine Zigarette angezündet –, beginnt dieses neben mir emporzuwachsen. Aber ja doch, ich gebe Ihnen mein Ehrenwort: Durch meine, eines kleines Mosquitos, Berührung wird die Brustspitze dieses Mädchens immer höher und steifer. Angeschwollen von einem Begehren, das meinem Rivalen, zumindest in diesem Ausmaß, am Nachmittag seines Geburtstags versagt blieb.

»Weiter«, sagt sie mit seltsam veränderter Stimme, »weiter, mein Kerlchen, worauf wartest du?«

Doch ich lasse mich nicht drängen.

Millimeter um Millimeter arbeite ich mich an ihrer kleinen Steilwand empor. Spüre, wie diese unter meiner Berührung immer noch ein weniger höher wird.

Aus reiner Berechnung mache ich hin und wieder eine Pause: »Weiter«, drängt sie dann.

Taumelnd vor Glück, erreiche ich schließlich das Plateau, schaue über eine Landschaft, die ich auch bei meinen nachmittäglichen Tiefflügen nicht so prachtvoll empfunden habe. Die Füße in ihrem rosigen Fleisch vergraben, sehe ich mich um. Links von mir gähnt die Schlucht, aus der ich emporgestiegen bin, jenseits davon der verwaiste Zwillingsgipfel. Gen Norden blicke ich bis zur doppelten Hügelkette ihrer Lippen, den anmutigen Höhlen ihrer beiden Nasenlöcher, ihren dunkelschimmernden Augenseen. In südlicher Richtung ist die Sicht noch atemberaubender: Bis zum blonden Gestrüpp ihres Venusberges kann ich hier sehen, und dann – über die Jeansbeine hinweg – bis zu den Alleen ihrer rotbemalten Zehen.

Doch nun wird sie ungeduldig: »Was ist denn, mein Süßer? Du bist doch nicht wegen der Aussicht hergekommen! Los jetzt! Zeig mir, was du kannst!«

Und natürlich muß sie mir das nicht zweimal sagen: Ich richte mein Werkzeug, halte es ihr in all seiner Pracht zur Begutachtung hin.

»Angeber«, sagt sie mit einem kleinen Schmetterlingslachen. »Mach schon, worauf wartest du?«

Doch als ich dann fachmännisch ihr festes Fleisch abtaste, vergeht ihr das Lachen. Ich spüre, wie sie jetzt die Luft anhält, wie ihr Puls sich beschleunigt.

»Worauf wartest du«, flüstert sie rauh. »Los, stich mich! Stich endlich zu!«

Als ich dann in sie eindringe, stößt sie trotzdem einen kleinen Schrei aus. Und darin ist nicht nur der Schmerz enthalten, sondern auch das Glück über diesen Schmerz. Und die Bewunderung für den, der ihn ihr zufügt.

Und diesmal ist es kein einsames Glück, sondern eins für beide.

»Ja, mein Kerlchen, so ist's schön... Ja, so ist's richtig. Saug, mein Kleiner, saug dich satt... Aia, du tust mir weh! Nein, nicht aufhören. Hör jetzt um Himmels willen nicht auf! Das geschieht mir doch recht, oder? Das hab' ich doch verdient! Ja, tu mir weh! Räch dich, mein Kleiner!... Ja, so ist's gut... O du kannst das... Du kannst das, mein Kerlchen... Tiefer, tiefer... Ja, so ist's recht, so ist's schön...«

Wie lange dauert Glückseligkeit? Welche Uhr könnte sie messen? Als ich einmal aufblicke, befindet sich ihre Linke auf ihrem blonden Hügel. Ich sehe ihre herrlichen Finger sich im Gestrüpp bewegen, und zwar im gleichen Rhythmus, den ich weiter oben mit meinem Werkzeug bestimme.

Längst habe ich aufgehört zu saugen: Ihre Säfte drängen nun wie von selbst zu mir her. Es ist nicht wahr, daß das Blut deiner Beute überall gleich schmeckt, denke ich jubelnd. Das hier schmeckt jedenfalls ganz anders, und es ist unbeschreiblich!

Und dann, gerade als mein Körper über ihr zerbersten will, ist es der ihre, der unter mir zerbirst. Ein Erdbeben geht durch ihr Reich, erschüttert es in immer neuen Stößen. Aus ihrem Mund kommt ein langer, hoher Schrei.

Und dann wird der Fels, auf dem ich sitze, warm und weich und beginnt samt meiner, in ihr zu versinken. Nicht Frau und Mosquito sind wir nun, sondern ein und dasselbe Wesen.

6

»Nicht zu glauben!«

Der Mann. Sein Fingernagel hat mich von ihr weggeschnippt. Er bückt sich, hebt die Schonbezüge auf, faltet sie zusammen. Er trägt wieder den Bademantel. Dann steht er neben ihr, schaut wie auf eine Unbekannte auf sie herunter, die Bulldoggenaugen zu Schlitzen verengt, die Augenringe womöglich noch tiefer.

Vom Vorhang aus sehe ich, wie unter diesem Blick nun auch sie langsam wach wird. Wie sie sich erschreckt aufsetzt, als sie ihn erkennt, schuldbewußt ihr gelbes Leibchen herunterstreift, den Reißverschluß ihrer Jeanshose hochzieht. »Was hat sie gesagt?«

»Das dürfte dich wohl kaum interessieren.«

Er geht zur Bar hinüber, nimmt sich ein Glas: »Ich meine, wenn eine in einem solchen Augenblick so schlafen kann, daß sie nicht einmal merkt, wie ein Mosquito an ihrem Busen nippelt?«

Sie spielt die Unschuldige: »Welcher Mosquito?«

»Welcher Mosquito?« Er lacht böse. »Ich hab' ihn nicht nach dem Namen gefragt.«

»Hast du ihn erschlagen?« Die lackierten Augen beginnen, nervös die Wände abzusuchen.

»Was?«

»Den Mosquito. Ob du ihn erschlagen hast?«

»Wie soll ich ihn erschlagen, wenn er mitten auf deinem Busen hockt? Willst du mir das verraten?«

Er hat eine neue Whiskyflasche geöffnet. Seine Hand zittert, als er sich eingießt.

»Ich habe geweint«, sagt sie.

»Ach!«

»Ehrlich. Erst hab' ich gebetet, dann hab' ich geweint, und dann bin ich eingeschlafen. Das gibt's. So wie's Leute gibt, die der Kaffee schläfrig macht, gibt's auch welche, die vor Aufregung schläfrig werden.«

»Was du nicht sagst! Bei dir ist anscheinend alles ein bißchen anders. Wo unsereins alles tut, um den Mund zu halten, brüllst du los. Und wenn einer wie ich deinetwegen sein ganzes Leben umschmeißt... Na prost!« Er trinkt.

Sie ist hinter ihm, schmiegt sich an seinen Rücken: »Was hat sie gesagt?«

»Was soll sie schon sagen?«

»Ihr habt lang geredet.«

Er sieht auf seine Armbanduhr: »Eine Stunde.«

»Hat sie getobt?«

»Nein.«

»Hat sie geflennt?«

»Nein.«

»Dann ist sie also einverstanden?«

»Bleibt ihr wohl nichts anderes übrig!« Er schiebt sie weg.

»Du bist gemein!«

»Ich?« Er lacht.

»So sag mir doch was! Hat sie dich erpreßt?«

»Wieso erpreßt?«

»Will sie einen Haufen Geld oder so?«

»Von Geld war bis jetzt nicht die Rede.«

»Und die Kinder? Hat sie dich mit den Kindern erpreßt? Hat sie gesagt, daß du sie nicht mehr sehen darfst oder so?«

Er blickt abermals auf seine Uhr: »Sie sagt's ihnen gerade.«

»Den Kindern? So schnell?«

»Sie meint, die hätten sowieso einen Haufen mitbekommen. Besser, wenn sie gleich alles erfahren. Sie hat versprochen, daß sie mich danach noch mal anruft.«

»Dann ist sie also einverstanden?«

»Womit?«

»Mit der Scheidung?«

»Sie will noch heute zum Anwalt.«

»Abends?«

»Er ist ein Freund von uns. Der Pate von Didi.«

»Wer ist Didi?«

»Das ist der Kosenamen vom Kleinen.«

Sie lacht nervös: »Besser als Pedro!«

»Miguel.«

»Besser als Miguel, wollt' ich sagen. Das sind die Nerven! Du glaubst doch nicht, daß mir das nichts ausmacht? Daß ich da ganz kühl bleibe, wenn einer meinetwegen seine Kinder aufgibt?«

## 7

Sie geht dann noch einmal zu ihm hin. Und diesmal weist er sie nicht ab. Im Gegenteil: Als ob er sich an ihr festhalten wollte, klammert der schwere Mann sich an das zierliche Mädchen.

»Ich kann nicht mehr heim«, sagt er mit einer Stimme, die vor Bemühen nach Selbstbeherrschung kaum noch vernehmbar ist.

»Was?«

»Ich kann nicht mehr nach Hause. Sie sagt, daß es besser ist, wenn ich gleich ganz wegbleibe.« Durch seinen Rükken geht ein Zittern.

»Wein doch nicht! Wein nicht!« fleht das Mädchen. »Ich bin doch da. Du hast doch mich, oder?«

»Entschuldige, ich benehme mich wie ein Weib.« Er hat sich schließlich von ihr gelöst, ist zur Bar gegangen: »Für dich auch?«

Er hält sein Glas hoch, sie schüttelt den Kopf.

Er leert das Glas mit einem Zug, füllt es von neuem: »Wirklich nicht?«

»Ich muß erst was essen.«

»Geh schon hinüber, ich will das erst noch hinter mir haben.« Er nimmt sein Glas, setzt sich in den Sessel, neben dem hier im Wohnzimmer das Telefon steht.

»Ich würde lieber bei dir bleiben. Wenn's dir nichts ausmacht, meine ich.«

»Macht mir nichts aus.«

»Tatsache?«

»Du gehörst doch jetzt zur Familie«, lacht er.

Sie hat sich dann in eine Ecke der Couch gesetzt, ihm schräg gegenüber und beinahe schüchtern. Ich fliege hin, drehe eine Runde um den Entenschopf. Doch sie tut, als sehe sie mich nicht, beginnt ostentativ, ihre roten Fingernägel an ihrem Jeanshosenbein zu polieren.

Er wirft ihr einen irritierten Blick zu: »Bitte nicht.«

»Entschuldige.« Sie legt die Hände wie ein Schulmädchen neben sich aufs Kissen.

*Was für ein Rüpel!*

Ich lande trotzig auf der Stelle, über die sie mit ihren Nägeln gestrichen hat, schaue zu ihrem Gesicht. Aber obwohl sie mich nun sehen *muß*, scheint sie entschlossen, mich zu ignorieren: Nicht der leiseste Wimpernschlag unterbricht den braunen Kakerlakenblick.

So warten wir denn zu dritt: er in seinem Sessel, sie in ihrer Couchecke, ich auf ihrem Knie.

Bis das Telefon läutet, bewegt sich keiner.

## 8

»Didi? Miguel? Miguelito? Bist du das? Wenn du so weinst, kann der Papito dich nicht verstehen. Wo ist denn die Mami? Nein, du sollst sie mir nicht holen. Mit dir möcht' ich jetzt reden. Von Mann zu Mann. Hör mal... Jetzt hör auf zu heulen, und hör mir zu. Miguel, ich bin doch dein Vater! Ein Vater läuft einem Kind doch nicht einfach davon? Wie kommst du denn auf die Idee? Das einzige... Hör mir doch zu! Das einzige, was sich ändern wird, ist, daß ich nicht mehr jeden Abend zum Essen komme. Aber da warst du ja sowieso meistens schon im Bett.

Und daß ich dich nicht mehr ausschimpfe, wenn du überall deine Comic-Hefte rumliegen läßt. Das seh' ich dann nicht mehr, richtig! Am Wochenende. Am Wochenende kannst du mich anschaun, bis du die Nase voll hast. Was du willst. Auch ins Kino, klar. Nein, weißt du, was wir machen? Was hältst du von einem Motorboot? Da können wir dann an jedem Wochenende miteinander rumsausen. Auf dem Meer, wo denn sonst?«

Seine Stimme klingt nun gelöster, er atmet weniger schwer: »Natürlich ist dein Bruder dabei. Meinst du, den lassen wir daheim? Natürlich kann die Mami mitkommen. Ich meine, wenn sie will. Jeder kann mit: die Mami, der Hund, die Katze, der Goldfisch. Was gibt's noch? Die beiden Meerschweinchen, richtig! Deine Schildkröte, deine weißen Mäuse, deine Mosquitos... Lach nicht. Ich kenne eine, die mit Mosquitos redet. Die glaubt, daß Leute, die sich schlecht benehmen – so einer wie euer Turnlehrer zum Beispiel –, daß sie dann zur Strafe nochmals als Tiere auf die Welt kommen müssen. Darum verstehen die Tiere auch jedes Wort, das wir reden! Paß also auf, was du sagst, wenn deine Schildkröte durchs Zimmer rast! So gefällst du mir schon besser! Und jetzt gib mir deinen Bruder, ja?«

Er trinkt, blickt dabei kurz zu ihr hin. Sie hat den Kopf in ein Couchkissen vergraben.

»Sohn, sag etwas. Also gut, dann rede ich. Hörst du mir wenigstens zu? Ob du mir zuhörst! Wann ist morgen deine Schule aus? Pedro! Wann du morgen aus der Schule kommst, hab' ich dich gefragt! Also gut, halb fünf bin ich an der Pforte. Und dann unterhalten wir beide uns mal. Du bist ja schon groß, mit dir kann man ja schon ernsthaft reden. Pedro? Ich weiß, daß das was ganz Schlimmes ist, was ich jetzt da mit euch mache. Vor allem, weil's so schnell geht. Aber es ist nun mal passiert. Es ist passiert, und damit basta. Es läßt sich nicht ändern. Aber würdest du mir trotzdem einen Gefallen tun? Pedro! Würdest du deinem Vater einen Gefallen tun, ja oder nein? Danke. Paß auf deinen Bruder auf. Und auf deine Mutter natürlich auch. Und wenn irgendwas Besonderes sein sollte, rufst du mich sofort in der Firma an. Pedro! Pedro...?«

## 9

Der Kopf des Mädchens kommt langsam aus dem Couchpolster: »Aufgelegt?«

Er sieht sie an, als hätte er Mühe, sich an ihr Gesicht zu erinnern.

»Hat er aufgelegt?«

Er nickt.

»Und jetzt?«

»Abwarten. Irgendwann fängt er sich schon auf.« Er greift nach dem Glas, merkt, daß es leer ist.

»Warte, ich hol' dir die Flasche ...!«

Sie ist so eilfertig aufgestanden, daß ich erschreckt weiterflattere.

»Gern.« Er wirkt unendlich müde.

»Sag halt!« Sie steht neben ihm, füllt sein Glas.

»Danke.« Er lächelt zu ihr hinauf.

Während er nun trinkt, macht sie eine Geste, als ob sie ihm übers Haar streichen möchte, zieht jedoch angesichts seiner kleinen Glatze die Hand taktvoll zurück, legt sie auf seine Bademantelschulter: »Ich liebe dich.«

»Ich weiß.« Er tätschelt ihr Jeansbein.

»Aber ich liebe dich wirklich!«

»Das wollen wir doch hoffen.«

Sie setzt sich auf seinen Schoß, vergräbt den Kopf an seiner Schulter: »Manchmal denke ich, du glaubst es mir nicht. Weil du soviel älter bist, meine ich. Weil ich soviel jünger bin, will ich sagen!«

Er lacht auf.

»Soll ich dir was zu essen machen?« Sie hat die Hand unter seinen Bademantel geschoben.

Er schüttelt den Kopf.

»Soll ich dir was erzählen?«

Er schüttelt den Kopf, diesmal lächelnd. Und als sie sich nun noch mehr an ihn schmiegt, beginnt er zerstreut, die Brüste unter dem Leibchen zu streicheln.

»Du hast immer noch Geburtstag, weißt du das?«

»Ich habe immer noch Geburtstag.«

»Warte...« Sie läßt sich zu Boden gleiten.

»Was hast du vor?«

Sie hat sich vor ihn hingekniet, schiebt mit einem kleinen Lachen seinen Bademantel auseinander: »Geburtstag feiern...«

Doch als sie sich nun über seinen Schoß beugt, schiebt er sie sanft von sich weg: »Wir sollten lieber gehen.«

Sie sieht enttäuscht zu ihm auf: »Jetzt?«

»Ich muß noch in die Firma.«

»In die *Firma*?«

Er küßt sie aufs Haar: »Es gibt einiges zu erledigen.«

Er steht auf, bindet seinen Bademantel: »Meinst du, du könntest die Bezüge so auf die Sessel legen, daß man keinen Unterschied merkt?«

»Aber sie weiß es doch jetzt!«

»Richtig«, sagt er. »Ich zieh' mich an.«

»Und wenn du vielleicht das Bett überziehen könntest?« Seine Stimme kommt aus dem Schlafzimmer.

»Was machen wir denn mit der Wäsche?«

»Die nehmen wir mit.«

»Ich könnte sie bei mir zu Hause waschen. Wir haben eine Maschine.«

»Und was sagt deine Mutter?«

Sie lacht: »Jetzt ist das doch was anderes! Am besten, ich sag's ihr gleich heut abend. Nein, heut hat sie Nachtdienst – morgen!« Und als er nicht antwortet: »Nur wenn's dir recht ist, natürlich?«

# 10

Als wir ihm schließlich ins Schlafzimmer folgen, verzieh' ich mich wieder auf meinen Platz. Erst ein paar Stunden ist es her, seit ich halb verhungert an diesem Ventilator gehangen bin, etliche Monate in Mosquitozeit. Nach meinem eigenen Gefühl liegen jedoch Jahre zwischen mir und dem Tier, das ich gewesen bin.

Sie macht sich ans Abziehen der Kissen, faltet die zerwühlten Leintücher zusammen: »Da haben wir ja ganz schön getobt, wie?«

»Kann man wohl sagen.«

Sein Lachen klingt so höflich, daß sie sich unwillkürlich nach ihm umsieht: »Aber, was machst du denn da...?«

Auf dem Steinboden liegt ein halbes Dutzend seiner gebügelten Hemden, ein weiteres schleudert er gerade nach.

»Aber, was ist denn los...?«

»Heute früh hab' ich noch einen Schrank voll Anzüge gehabt, eine Garage für mein Auto, ein Haus! Jetzt hab' ich nicht mal mehr ein anständiges Hemd zum Anziehen!«

»Aber deine Kleidung wird sie dir doch geben! Morgen früh schickst du deine Sekretärin, dann hast du bis abends alles, was du brauchst.«

»Im Restaurant soll ich essen! Im Hotel soll ich schlafen! In welchem Hotel, kannst du mir das vielleicht verraten? Kein Mensch kennt die Hotels in der Stadt, in der er wohnt!«

»Mit mir warst du doch im Hotel.«

»Soll ich vielleicht in ein Stundenhotel ziehen?« Wieder schleudert er ein Hemd, diesmal knapp an ihrem Kopf vorbei.

»Warum wohnst du nicht einfach hier?«

»Damit ich jeden Tag drei Stunden im Auto sitze?«

»Wir könnten alle beide hier wohnen: Morgens fahren wir rein, abends raus.«

»Entzückend.«

»Zieh ins Metro!«

»In diese Bruchbude? Das ist doch nicht dein Ernst?«

»Es ist direkt neben der Firma.«

»Besten Dank.«

»Dann geh doch ins Imperial!«

»Von einem Extrem ins andere.«

»Dort hast du den besten Service. Außerdem ist es das einzige Hotel, in dem die Telefone funktionieren. *Und* das heiße Wasser.«

Er wendet sich nach ihr um: »Woher weißt du das eigentlich so genau?«

»Man hat's mir erzählt.«

»Man hat's dir erzählt, so?«

»Jawohl, man hat's mir erzählt!«

Er schließt die Schranktür: »Weißt du, was ich manchmal denke?«

Er wendet sich zu ihr um.

»Für einen ganz kurzen Augenblick denke ich manchmal, daß dieses unschuldige Fräulein vielleicht eine ganz schöne Vergangenheit hat.«

Sie lacht: »Du bist gemein!«

»Wenn man bedenkt, was du so alles gekonnt hast?«

Er ist einen Schritt auf sie zugegangen, sie weicht unwillkürlich zurück: »Mies!«

»Und der schöne Herr Ramirez? Wer garantiert mir, daß du den nicht auch nach Büroschluß noch so anlächelst? Im Hotel Imperial zum Beispiel, wo es immer heißes Wasser gibt? Ist das der Grund für seine großen Bestellungen? Wollt ihr den Alten bei Laune halten?«

»Du bist besoffen!«

»Vielleicht sehe ich deswegen auf einmal so klar? Wer garantiert mir, daß es da nicht schon Dutzende Ramirez gegeben hat?«

»Du bist gemein!«

Er packt sie an der Schulter: »Eine Antwort, Fräulein!«

»Du stinkst ja nur so nach Alkohol! Laß mich los!«

## 11

»Und das?«

Er hat den Arm brutal um ihre Taille geklemmt, zieht ihr nun mit der Rechten die Jeanshose herunter.

»Eine Jungfrau, die sich die Schamhaare färbt! Für wie blöd hältst du mich eigentlich?«

Er schleudert sie aufs Bett.

»Wer war der Kerl, der das verlangt hat, sag?« Er drückt ihr die Arme grob auf die Matratze.

»Laß mich los!«

»Loslassen soll man es auf einmal, das Fräulein! Hast du das zu dem anderen auch gesagt? Wie hat er's dir denn besorgt, willst du mir das nicht verraten? Wie hat der es dir denn gemacht...?«

Er wirft sich auf sie.

»Es gibt keinen anderen, ich schwör's!«

»Du schwörst? Du schwörst es mir, du kleines Luder? Das täte ich an deiner Stelle aber lieber nicht!«

»Laß mich los!« Sie windet sich nun verzweifelt.

»Zuerst will ich's wissen, verstanden?«

Er hat seine Pranken an ihrem Hals.

»Du tust mir weh!«

»Ich tu' ihm weh, dem Unschuldslämmchen, ach ja?«

»Hilfe!«

*Meint sie mich?*

»Ja, schrei nur, mein Nönnchen, das macht mich geil!«

»Hilfe!«

*Ich komme!*

Ich hocke auf seiner Rechten, lasse mit all meiner Wucht und all meinem Haß mein Instrument in ihn sausen.

»Hilfe!«

»Ja, schrei nur, du Dreckstück, so ist's recht!«
Ich nehme mir die Linke vor, steche, steche.
Er scheint es nicht einmal zu bemerken.

»Hilfe!« In ihrer Stimme ist nun ein Gurgeln.
»Lauter! Hier darfst du schreien, so laut du willst!«
»Hilfe...«
Und plötzlich fällt es mir ein: die vierte Regel – das Ohr!
Und wenn es mein Leben kostet, ich muß es wenigstens versuchen!

Ich bin noch nie im Ohr eines Menschen gewesen, doch meine Antennen lassen mich auch diesmal nicht im Stich: Trotz der Dunkelheit bin ich sofort am Trommelfell, ramme mit all meiner Verzweiflung mein Werkzeug in ihn hinein.
Und nun ist er's, der aufschreit!

Ich habe erwartet, daß er sich aufs Gehör schlägt. Daß sein Finger zu mir hereinfährt und mich zermalmt. Aber zum Zeitpunkt meines Angriffs ist er wahrscheinlich für eine Ortung des Schmerzes zu sehr im Rausch. Ich spüre, wie sein Körper sich entspannt.
Sein Kopf, von dem ich nun ein Teil bin, gleitet auf die Matratze, direkt neben den ihren: Ich höre sie ganz nah bei meiner Höhle nach Luft schnappen.
Gerettet!
Jawohl: Du, ein kleiner Mosquito, hast sie aus den Klauen dieses Ungeheuers befreit!

Sie beginnt nun leise zu seufzen.
Noch mal. Dann noch mal...
Überglücklich zähle ich mit: sieben Seufzer. Sieben Schritte zurück in ein Leben, das sie meinem Mut und meiner Kaltblütigkeit zu verdanken hat.

Und dann wird meine Höhle dunkler.

Etwas Warmes, Feuchtes drängt sich herein: in harten kleinen Stößen. Wieder und wieder.

Daß es ihre Zungenspitze ist, habe ich lange nicht begriffen.

# 12

Als ich später aus dem Kinderzimmer – jawohl, so weit war ich geflohen! – zurückkehre, liegen die beiden schweißgebadet nebeneinander, halten sich bei der Hand.

»War's schön?« Seine Stimme klingt so zärtlich wie in den ersten Stunden dieses Nachmittags.

»Ich muß dich öfter eifersüchtig machen.«

Er küßt ihr eine letzte Träne aus dem Augenwinkel: »War's schlimm?«

»Am Anfang bin ich erschrocken. Jetzt bringt er dich um, hab' ich gedacht.«

Er ist aufgestanden: »Dafür wirst du jetzt direkt vor die Haustür gefahren!«

Diesmal nimmt er das erstbeste Hemd, schlüpft in Hose und Schuhe.

»Aber zuerst krieg' ich was zu essen!«

»Die Eier, ich eile…« Er geht hinaus.

»Ein Stück Brot genügt mir!« ruft sie ihm nach.

»Kommt nicht in Frage! Du hast was Besseres verdient!«

»Soll ich dir helfen?«

»Liegenbleiben. Ich ruf' dich, wenn's soweit ist.«

Wir sind allein.

Ich mit blutendem Herzen, falls Sie mir erlauben, diesen Ausdruck auf den Kreislauf eines Mosquitos anzuwenden. Bis in die Knochen gedemütigt – auch das würde mir gefallen.

Sie starrt zum Ventilator herauf, den Zeigefinger am Leberfleck. Was in ihr vorgeht, kann man nicht sagen: Draußen hat sich das Licht verändert, ihre Augen sind beinahe schwarz.

»Wie willst du sie?« ruft der andere.

»Wie?«

»Deine Eier. Immer noch Spiegeleier?«

»Rühreier!« Sie beginnt, sich zu kratzen. »Falls du das kannst?«

»Wird erledigt!«

Von meinem Hängeplatz schaue ich in meiner ganzen Gekränktheit auf sie hinunter. Daß die Spur meiner Leidenschaft nun schon wie eine Leuchtschrift auf ihrer Landschaft brennt, daß sie sich die Finger benetzt, um den Juckreiz zu betäuben – ein Trost ist das nicht. Und auf einmal dann ihre Schmetterlingsstimme, sehr leise: »Bist du da?«

Hat sie das zu mir gesagt?

»Hallo? Ich hab' gefragt, ob du da bist?«

Ihre Augen beginnen die Wände abzusuchen: »Wo versteckst du dich denn, du Gauner! Ich weiß doch, daß du in diesem Zimmer bist! Warum kommst du nicht her?«

Und dann, mit einem unbeschreiblich zärtlichen Lachen: »Bist du etwa beleidigt? Wir haben dich doch nicht eifersüchtig gemacht, kleiner Mann?«

Sie stützt sich auf den Ellbogen, um eine bessere Übersicht zu haben. An den Ventilator denkt sie nicht.

Wenn ich gewußt hätte, daß es das letzte Mal war, wäre ich natürlich hingeflogen. Doch wie hätte ich das auch nur ahnen können?

Ich wollte mich rächen! Wollte sie leiden sehen! Denn es war ja eine große und echte und reine Liebe, und da sieht man den anderen lieber tot als glücklich mit einem Rivalen. Hab' ich nicht recht, mein Freund?

13

»Essen!« ruft der andere jetzt aus der Küche herüber. Sie bindet sich eines der gebrauchten Bettlaken um, läuft hinüber, ich diskret hinter ihr her. Doch diesmal lande ich weit außerhalb ihres Blickfelds, lasse mich in der Reliefschrift des Kühlschranks nieder. Das neue Modell hieß FJORD – das weiß ich deswegen so genau, weil es das O ist, in dem ich hocke.

»Und du? Ißt du nichts?«

Er hebt sein Glas: »Ich bleibe lieber bei dem.«

»Hast du das alles getrunken?« Sie hält die Whiskyflasche, in der nur noch ein Rest ist, in die Höhe.

»Das muß dein Mosquito gewesen sein!«

Die Art, wie er sein Witzchen feiert, läßt sie mit gerunzelter Stirn zu ihm hinsehen: »Kannst du denn überhaupt noch Auto fahren?«

»Ich dachte, Sie bringen mich heim, Fräulein?« Und nochmals dieses alberne Lachen.

»Gut?«

Sie hat sich heißhungrig über die Eier hergemacht: »Delikat!«

Er dreht das rote Transistorradio seines älteren Sohnes an: »Verdammt noch mal... Irgendwo müßten jetzt doch Nachrichten kommen?«

»Wieviel Uhr haben wir denn?«

»Acht.«

»*Jetzt* sollte man baden!«

Er hat einen Sender gefunden, der Nachrichten bringt, dreht lauter.

»Ich habe nachgedacht«, sagt sie zwischen zwei Bissen. »Wegen deiner Buben, meine ich. Ich weiß, daß du mir das nicht abnimmst, weil ich so jung bin und so weiter, aber ich werde trotzdem wie eine Mutter zu den beiden sein.«

»Eine Mutter haben sie.« Er lacht böse: »Einen Vater könnten sie brauchen.«

»Zum Beispiel das mit den Pyramiden. Also so was hätt' ich notfalls noch gewußt. Tatsache! Ich komm' ja gerade erst von der Schule!«

Der Mann schweigt.

»Doch, sag's ihm! Wenn er will, kann ich jedes Wochenende mit ihm Schulaufgaben machen!«

»Da wird er sich freuen.«

»Mein lieber Miguelito, ich hab' da eine ganz fabelhafte Nachricht für dich...!« Sie lacht.

»Pedrito. Falls du den mit den Pyramiden meinen solltest.«

»Aber der mit den Pyramiden ist doch der Ältere!«

»Eben.«

Sie packt sich wütend an ihrem Entenschopf: »Warum will das nicht in mich rein, kannst du mir das sagen? Du mußt sie noch umtaufen!«

Er hebt sein Glas: »Wird erledigt.«

Wird erledigt. Diesmal ist die Betonung ganz anders. Und als dann das Telefon läutet, geht er, ohne sie auch nur anzuschauen, ins Schlafzimmer hinüber.

Was er sagt, kann man wegen des Radios nicht hören. Dafür ist er diesmal aber auch gleich wieder da: »Dich will sie sprechen.«

Das Mädchen legt entgeistert das Besteck auf den Teller: »Mich?«

»Dich.«

»Warum?«

»Sie sagt, daß sie deine Stimme hören möchte.«

»Meine *Stimme*?«

»Ich sag' dir ja, sie hat das absolute Musikgehör. So wie wir die Leute an ihrer Frisur oder sonst was wiedererkennen, erkennt sie sie an der Stimme.«

»Aber ich hab' doch noch nie mit ihr geredet?«

»Darum geht's ihr ja. Sie will wissen, ob du die warst, die heute mittag bei ihr angerufen hat.«

»Ich?«

»Klar bist du's nicht gewesen. Geh hin. Tu ihr den Gefallen.«

»Und was ist, wenn sie trotzdem behauptet, daß ich's war?«

»Du warst's ja nicht.«

»Aber wenn sie's behauptet?«

»Dann weiß ich's besser. Der Anruf ist gegen zwölf gekommen.«

»Da war ich doch im Omnibus!«

»Sag' ich ja. Geh jetzt, sonst denkt sie, daß du vielleicht wirklich was zu verstecken hast.«

Sie steht auf, knüpft ihr Leintuch fest: Ein Soldat würde so seine Uniformjacke schließen.

Unter der Schlafzimmertür bleibt sie nochmals stehen: »Aber auf deine Verantwortung, ja?«

Er stellt das Radio ab.

»War ich's, oder war ich's nicht?« Sie gehört wahrhaftig nicht zu denen, die Zeit verlieren.

Der Mann steht an der Spüle, trinkt nun direkt aus der Flasche. Ich weiß nicht, warum ich ihr diesmal nicht hinterhergeflogen bin. Nun ja, aus Gekränktheit eben. »Also gut, dann erst mal guten Tag«, sagt sie drüben forsch. »Aber war ich's, oder war ich's nicht? Gott sei Dank! Da fällt mir ja ein Stein vom Herzen!« An der Art, wie sie jetzt lacht, kann man erkennen, wie nervös sie sein muß.

»Keine Ahnung. Aber ich kann's mir vorstellen. Ich meine, ich kann's mir denken. Eine aus der Firma. Ich weiß nicht, ob ich Ihnen das sagen soll. Also gut, wenn Sie sie einfach nur mal so anrufen wollen? Ich meine, ich bin ja auch interessiert zu erfahren, was für ein Schwein das gewesen ist. Luisita. Gonzalez oder so ähnlich, genau weiß ich's nicht, aber es gibt nur eine Luisita bei uns. Bei Ihrem Mann, meine ich. Am besten rufen Sie nachmittags an, da macht sie manchmal sogar die Telefonvermittlung. Da hätten Sie sie dann sozusagen direkt!«

Das Mädchen steht unter der Schlafzimmertür, den Telefonapparat in der Hand, bedeutet ihm mit einem Zeichen, daß sie die Sache unter Kontrolle hat. Als er darauf nicht eingeht, wendet sie ihm den Rücken zu, kehrt in den Raum zurück.

»Aber da wir jetzt schon mal palavern ... Da wir schon einmal miteinander sprechen, meine ich, da möchte ich Ihnen auch gleich sagen, daß es mir leid tut. Daß es mir wirklich ganz unheimlich leid tut. Doch, das meine ich aufrichtig, ich schwör's! Ja, gut, vielleicht war das falsch ausgedrückt. Vielleicht war das das falsche Wort! Ich hab' ja keine Erfahrung in solchen Sachen. Es passiert mir das erste Mal, ich meine, daß ich mit einer Ehefrau... Ich bin ja schließlich mindestens zwanzig Jahre jünger! Ich meine, ich könnte Ihre Tochter sein und so weiter!«

Der Mann fährt sich über die Stirn, als wollte er das Gehörte wegwischen.

»Aber Sie wissen doch genau, daß ich das nicht so gemeint habe! Ich hab' nur gesagt, daß Sie älter sind als *ich*, nicht daß Sie *alt* sind. Daß Sie mehr *Erfahrung* haben! Ich meine, das ist doch logisch, oder? Weil ich ihn liebe, was sonst? Was gibt's denn da zu lachen? Ich liebe ihn, ja! Denken Sie, das weiß ich nicht? Ich schwöre Ihnen: Er kann seine Kinder sehen, sooft er will. Und wenn sie am Wochenende kommen, werden sie ihr eigenes Zimmer bei uns haben. Ich werd' wie eine Mutter zu ihnen sein, heiliges Ehrenwort. Eine *zweite* Mutter natürlich... *Meine* Mutter? Soll das vielleicht ein Verhör werden oder so? Darüber haben wir noch nicht geredet. Möglich wär's, daß sie bei uns wohnt, ich meine, sie hat ja sonst niemanden. Ich bin ein Einzelkind, jawohl. Ist das ein Verhör? Also gut, wenn Sie das so brennend interessiert: Er hat sie sitzenlassen. Nach Kanada. Genial, ja. Die ist Krankenschwester. Im Corazón de Jesús, sonst noch was? Ich meine, wollen Sie sonst noch was von mir wissen? Rosita ist mein Name. Warum fragen Sie dann? Ich meine, wenn er Ihnen das schon gesagt hat, warum... Salinas. Rosita Salinas, jawohl.

Ziemlich sicher sogar. Ich meine, wir werden uns ja sicher einmal kennenlernen? Wollen Sie noch mal mit ihm sprechen? Also gut, dann auf Wiedersehen!«

## 15

»Puh!« Sie läßt sich erschöpft auf den Küchenstuhl fallen.

»Die hat mich ja ganz schön in die Mangel genommen! Aber das absolute Gehör hat sie: Nein, Sie sind's nicht gewesen. Schon nach einem einzigen Satz hat sie das gewußt!«

Das Mädchen schaut zu ihm hin: »Was ist denn? Hab' ich was Falsches gesagt?«

»Mir ist da so ein Gedanke gekommen.« Er grinst.

»Was für ein Gedanke?« Sie ist aufgestanden, bringt nun ihren Teller zur Spüle.

»Diese Madame Ypsilon, wie die die Dinge auf einmal beschleunigt hat!«

»Kann man wohl sagen!«

»Ohne diese Dame wäre ich vielleicht auch in einem Jahr noch verheiratet gewesen.«

»Oder in zehn!«

»Oder in hundert.« Er hebt die Flasche: »Auf die geheimnisvolle Frau Ypsilon!«

Sie lacht: »Du bist wirklich ganz schön blau.«

»Wohin kommt das Besteck?«

Er öffnet eine Schublade.

»Und der Teller?«

»Vielleicht steckst du mit ihr unter einer Decke?« grinst er.

Sie sieht ihn an. »Madame Ypsilon: Vielleicht steckst du mit ihr unter einer Decke?«

»Was?«

»Deine Kollegin Luisita hat nicht zufällig in höherem Auftrag angerufen?«

»In welchem Auftrag?«

»In wessen: in *wessen* Auftrag.« Er lacht betrunken.

Sie streckt die Hand nach der Flasche aus: »Gib her!«

»Ich hab' nicht gesagt, daß es so ist. Ich hab' gesagt, daß es möglich wäre. Theoretisch!«

»Du weißt ja nicht mehr, was du redest. Gib mir die Flasche!«

Er hält die Flasche gegen das Licht: »Ist ja sowieso nicht mehr viel.«

»Wer hat dich angefleht, *nicht* ans Telefon zu gehen?«

»Vielleicht wär' sie hergekommen, wenn keiner abgenommen hätte? Da hätte sie dich dann gleich mit eigenen Augen sehen können...« Er verneigt sich: »In deiner ganzen blonden Schönheit.«

»So was würdest du mir zutrauen?« Ihre Augen haben sich mit Tränen gefüllt.

Er nimmt sie in die Arme: »Aber ich mach' doch bloß Witze!«

»Hör jetzt auf zu trinken, ja?«

»Ist doch nur noch ein Schluck.«

»Du wirst gegen einen Baum fahren!«

»In dieser Gegend gibt's nur Palmen. Und die Palmen haben ganz weiche Stämme...« Er stupst ihr mit dem Zeigefinger auf die Brust: »So weich!«

»Bitte!«

Sie streckt die Hand nach der Flasche aus, er hält sie hoch über seinen Kopf: »Ein letzter Schluck. Zum Geburtstagsfest!«

»Also gut. Ich zieh' mich an, damit wir endlich hier rauskommen!«

Natürlich fliege ich ihr nach. Ich darf sie nicht mehr aus den Augen lassen, muß mit ihr durch diese Haustür, mit ihr ins Auto da draußen. Denn bei aller Bitterkeit weiß ich doch eines ganz genau: Selbst wenn dieses Mädchen bis ans Ende der Welt geht, ich werde dabeisein.

Sie bindet sich das Leintuch los, legt es auf den kleinen Stapel der restlichen Wäsche. Ihr gelbes Leibchen ist während der Schlacht zerfetzt auf der Mosquitonetzstange gelandet, sie angelt es sich herunter, zieht es an. Lachend steht sie unter der Schlafzimmertür: blondes Haar oben, blondes Haar unten, dazwischen das zerschlissene blonde Hemd: »Schau mal, soll ich vielleicht so in die Stadt?«

Er hat sich mit der Flasche an den Küchentisch gesetzt, hebt schwerfällig den Kopf: »Ist doch hübsch!«

Sie nimmt eins der geblümten Kleider der anderen aus dem Schrank, zeigt sich, das Kleid an sich haltend, nochmals: »Meinst du, daß ich mir das ausleihen könnte?« Und als er nichts sagt: »Ich bring's zum Reinigen!«

»Nein.«

»Nein?«

»Nein!« Seine Stimme klingt nun sehr betrunken.

»Gut, gut, reg dich nicht auf.«

»Nimm eines von meinen Hemden!«

»Geht in Ordnung.«

Und als sie nun vor dem Hemdenberg steht, läutet das Telefon zum letzten Mal.

»Nicht schon wieder!« sagt sie.

Und als er nicht aufsteht: »Gehst du nicht hin?«

»Nein.«

Und nach ein paar weiteren Klingeltönen: »Sag' ihr, ich ruf' sie später an. Vom Büro aus.«

Das Mädchen geht zum Apparat.

17

»Sie haben was? Mit meiner Mutter? Sie haben meine Mutter angerufen? Aber das lügen Sie doch zusammen! Die ist nämlich heute gar nicht daheim! Woher wissen Sie denn das? Wer hat Ihnen gesagt, wo meine Mutter arbeitet? Stimmt. Doch, ja, ich erinnere mich, ich hab's Ihnen selber gesagt. Na und? Ich meine, warum erzählen Sie mir das überhaupt? Von mir aus können Sie ruhig mit ihr reden. Ich meine, wenn Ihnen das Spaß macht?«

Sie beginnt zu lachen: »Was? Was sagen Sie da? Sind Sie eigentlich schon mal beim Psychiater gewesen? Es gibt tausend Leute, die genau die gleiche Stimme haben! Aber das lügen Sie doch. Meine Mutter weiß ja nicht einmal, daß ich hier bin: Die glaubt, daß ich heute gearbeitet habe! Und selbst wenn sie's wüßte, warum sollte sie... Ich meine, die weiß doch alles, die hat doch gar nichts dagegen! Die würde sich da niemals einmischen, also das weiß ich nun wirklich besser!«

»Wie? Sagen Sie das noch mal...« Sie hat sich auf die unbezogene Matratze gelegt, kringelt sich vor Lachen. »Was? Was? Das ist vielleicht eine Theorie! Klar muß ich da lachen. Nein, Tatsache, ich lach' mich tot! Nicht in *meiner* Familie, nein! In *meiner* Familie könnte so was niemals vorkommen!«

»Würden Sie das bitte wiederholen? Ich glaub' nämlich, ich hab' nicht richtig gehört? Ausgerechnet Sie! Ich meine, Sie von allen Leuten auf dieser Erdkugel müssen so was sagen! Nein, *Sie* haben *kein* Recht, meine Mutter zu beleidigen. Ich meine, wenn wir schon mal von Müttern reden..., wenn wir schon von Müttern..., dann sprechen wir doch lieber mal von Ihrer. Von Ihrer Mutter, jawohl! Ich sage nur ein Stichwort: *Klavier*. Klavier, jawohl. Welches Klavier? Na, dann denken Sie doch mal nach!«

Der Mann ist aufgestanden, tritt mit der Flasche in der Hand unter die Schlafzimmertür. Sie liegt zusammengerollt auf der Matratze, den Hörer mit beiden Händen umklammert, sieht ihn nicht.

»Sie wissen nicht, wovon ich rede, sind Sie sicher?« Ihre Stimme ist nun leise, und auch der amüsierte Tonfall ist daraus verschwunden: »Aber vielleicht wissen Sie noch, wofür Sie das Klavier da drüben bekommen haben? Denken Sie doch mal nach! Und wer hat Sie denn damals in dieses Hotel begleitet? Ist das nicht zufällig Ihre vornehme Frau Mutter gewesen? Hat sie nicht brav in der Halle gewartet, bis das Töchterchen... Nein! Nicht! Hilfe!«

Der Mann hat sich aufs Bett geworfen, umklammert von hinten ihren Hals.

Sie hat den Hörer losgelassen, versucht mit beiden Händen seine Pranken wegzuschieben: »Hilfe! Hilfe! Er bringt mich um!«

Ihre Stimme klingt so gurgelnd wie vor einer Stunde, aber wenn sie glaubt, daß ich mich ein zweites Mal zum Narren mache, hat sie sich geirrt.

»Hilfe!«

Ich höre, wie sie nach Luft ringt, drehe mich weg: *Nicht mit mir!*

Und auf einmal ist es still, und die Schreie kommen, einem fernen Echo gleich, aus dem an der Matratze baumelnden Hörer.

Die Schreie seiner Frau zuerst, später auch die seiner Kinder.

# Fünfter Teil

1

Natürlich versucht er, sie zurückzuholen. Doch er begreift dann auch bald, daß es zu spät ist. Als er den Hörer nimmt, klingt seine Stimme beinahe freundlich: »Ruf die Polizei, ja?« Ohne die Antwort abzuwarten, hängt er auf.

Sie liegt jetzt auf dem Rücken. Die lackierten Augen sind womöglich noch größer, wie eine Puppe schaut sie zu uns herauf. Er wendet sich ab, geht in die Küche hinüber. Dort bleibt er, bis sie kommen.

Sie sprechen von mir?... Nun, zunächst habe ich es einfach nicht verstanden. Ich hatte ja noch nie einen toten Menschen gesehen, nicht wahr? Dann probiere ich es auf meine Art mit der Wiederbelebung. Zuerst bei den Augen: Ich hocke mich auf die dunkelste Stelle des einen, steche hinein. Erlebe einen Augenblick unsinniger Hoffnung, als sich etwas zu bewegen scheint. Doch es ist nur mein Spiegelbild.

Ich versuche es bei den Nasenflügeln, dann beim Mund, wo ihr die Zungenspitze wie eine Knospe zwischen den Lippen steckt. Doch sooft ich auch mein Werkzeug darin versenke: nichts.

Auch in die Mundwinkel steche ich sie, in den Leberfleck. Danach rase ich zu ihrem Brustkorb, wo ich zwischen den Fetzen des gelben Leibchens nach irgendeinem Zeichen suche: einem Herzschlag, einem und sei es noch so sanften Atmen.

Doch alles bleibt still.

Und als ich es schließlich wage, von ihrem Blut zu kosten, schmeckt es bitter.

*Rosita* ... Ihren Namen kann ich nicht rufen. So warte ich denn in ihrer Totenstille, bis draußen ein Auto zu hören ist. Das dritte Mal an jenem Tag.

2

Sie kommen zu fünft. Fünf Männer, genau wie in ihrem Traum, nur daß es anstelle von Krankenpflegern Polizisten sind. In meiner Erinnerung waren sie irgendwie in Urlaubsstimmung – vielleicht, weil man sie so unverhofft in ein Haus am Meer abkommandiert hatte. Drei von ihnen verlassen bald mit dem Mann das Haus, zwei Jüngere werden angewiesen, bei der Leiche zu bleiben: ein großer Blasser mit einem Storchenhals und langen Beinen und ein ziemlich viel Kleinerer, von dem mir nur noch die Pickel in Erinnerung sind, mit denen die untere Hälfte seines Pferdegesichts verunstaltet war.

Als die Kollegen fort sind, ziehen sie als erstes die Uniformjacken aus. Der Lange will die seine an den Ventilator hängen, erreicht ihn aber nicht.

»Heiß«, sagt der mit dem Pferdegesicht.

»Geh doch ins Wasser«, antwortet der Storch. »Ist ja genug, wenn einer bei der Dame bleibt.«

»Bei der Dame! Wird eine schöne Dame gewesen sein!«

»Schön schon, aber keine Dame.«

Sie lachen.

»Aber eine echte Blondine ist sie gewesen«, sagt der Lange.

»Die?« Das Pferdegesicht zupft skeptisch an ihrer Entenfrisur.

»Da mußt du nicht schauen. Hier. Wenn die auch blond sind, dann ist's eine Echte.«

»Also ich hätt' die auch in dunkel genommen.«

»Darfst du zweimal sagen, mein Sohn.«

»Unsereins kriegt so was nie.«

»Du mußt eine Bank überfallen, ich hab's dir doch gesagt!«

»Und du lochst mich ein, was?«

Sie setzen sich zu ihr aufs Bett, jeder auf eine Seite. Der Kleine zeigt auf ihr zerfetztes Leibchen: »Die hat sich wohl nicht schnell genug ausgezogen?«

»Sieht ganz so aus.«

»Kann man dem Kerl aber nicht verdenken. Bei so einer hätt' ich's auch ein bißchen eilig gehabt.«

Der Lange schiebt das Leibchen hinauf, wiegt gönnerhaft ihre Brüste: »Nicht schlecht, wie? Und sogar noch warm!«

»Wahrheit?«

»Überzeug dich.«

»Und wie die warm ist. Die ist heiß, würde ich sagen.«

»Ja, das muß eine ganz Heiße gewesen sein.«

»Und mit so einem alten Knacker.« Der Kleine entblößt grinsend sein gelbes Pferdegebiß: »Ich meine, was hat der schon für die machen können?«

»Kleidchen kaufen. Du siehst doch, daß das Kind nichts zum Anziehen hat.«

»So was kriegt er jetzt für ein paar Jährchen aber nicht mehr unter die Finger.«

»Hast du eine Ahnung! Hast du den Karren gesehen? Der stinkt doch nur so vor Geld. Irgend so ein Fabrikantenschwein, der Fronti hat seinen Namen gekannt. Zwei Monate, und der ist wieder draußen. Denk an mich.«

Der Kleine ist aufgestanden: »Wird einem ganz schön warm, wenn man so was lange anschaut...« Er reißt das Fenster auf.

»Geh mal in die Küche. Die haben doch hier sicher auch was zum Abkühlen gehabt?«

»Zu Befehl, Señor Jefe!«

Der Storch macht sich weiter an ihr zu schaffen, doch ich warte noch.

»Bier!«

»Herbringen!«

Der Kleine kommt mit zwei Dosen, reicht ihm eine hinüber.

»Aufmachen! Du siehst doch, daß ich die Hände voll habe, oder?... Danke, mein Sohn. Dieser Fernandez, dein Vorgänger, weißt du, was der in so einem Fall gemacht hat?«

»Was?«

Der Lange macht eine obszöne Geste.

»Du spinnst.«

»Einmal hab' ich's mit meinen eigenen Augen gesehen.«

»Geht das denn überhaupt?«

»Solange sie warm sind?« Er faßt ihr zwischen die Schenkel: »Hier. Ist doch alles noch ganz locker...«

Er rutscht zur Seite: »Schau nach!«

Die Bierdose in der Linken, streckt das Pferdegesicht die Hand nach ihr aus, zuckt aber plötzlich zurück: »Was sind denn das für Flecken?«

»Wo?«

»Da... Und da!«

Der Storch reckt den Hals: »Das sind doch bloß Mosquitostiche, du Hosenscheißer!«

»Mosquitostiche?«

»Aber klar.«

»Saubere Arbeit!«

»Die aus der Lohnabteilung hast du doch sicher schon kennengelernt. Eine Dürre, Flacharschige – sie hat ein Bärtchen auf der Oberlippe.«

»Der Feldwebel?«

»Genau. Also die hat kürzlich behauptet, daß die Mosquitos, die einen stechen, Weibchen sind. Die Männchen lassen dich in Ruhe.«

»Bei denen sind doch heutzutage alle Weibchen. Sobald jemand was kann, ist's ein Weibchen. Weißt du, was mein Alter sagt? Noch zehn Jahre, und euer Polizeikommandant ist auch eine Frau.«

»Dein Alter ist senil.«

»Doch, du wirst sehen. Zumindest unsere Enkel erleben das noch.«

»Vielleicht war's auch umgekehrt?«

»Was war umgekehrt?«

»Vielleicht hat sie gesagt, daß nur die Männchen stechen. Die Weibchen sind die Friedlichen.«

»Aber klar, Mann.«

»So klar auch wieder nicht. Gerade unter den Viechern gibt's einen Haufen Perverse. Denk an das Spinnenweibchen. Denk an die Bienenkönigin!«

»Einverstanden. Aber das da ist Männerarbeit, da mach' ich mit dir jede Wette.«

Nun ist's die Patschhand des Pferdegesichts, die sich an ihr zu schaffen macht.

»Also mich würd' so was nicht stören«, sagt der Lange.

»Was würd' dich nicht stören?«

»Diese Stiche da. Würde dir das was ausmachen? Bei so einer, meine ich?«

»Meinem Vorgänger hätt's sicher nichts ausgemacht, hab' ich recht?«

»Der hätt' die inzwischen schon dreimal gesattelt, mein Sohn.«

»Haben sie ihn deswegen versetzt?«

»Wegen so was? Wie sollen die das denn merken? Du glaubst doch nicht, daß die hinterher noch eine Aussage macht?... Er hat die Harmonie der Truppe gestört, hat's geheißen. Die Oberen kassieren die Bestechungsgelder, und wenn unsereins mal was davon möchte, stört er die Harmonie der Truppe.«

Das Pferd dreht den Kopf, bleckt die verfaulten Zähne: »Und du meinst wirklich, daß wir noch ein Stündchen hätten?«

»Der Leichenwagen kommt ja aus der Stadt.«

Der Lange steht neben dem Bett: »Was hältst du davon, wenn wir ihr die Augen zudrücken? Die Weiber machen doch sowieso immer die Augen zu, hab' ich recht?«

»Bei dir vielleicht, damit sie deinen langen Hals nicht sehen.«

»Wenn du meinst, daß ihnen deine Pickel lieber sind?«

Sie lachen.

Als er ihr dann mit seinen langen, blassen Fingern über die Augenlider streicht, steche ich zum ersten Mal zu. »Da schau her, da ist ja schon einer! Na warte, mein Bürschchen!«

Weil er aber erst die Bierdose wegstellen muß, bin ich schneller. Nicht, daß mir am Überleben jetzt noch etwas gelegen hätte: Sie ist ja tot.

»Mach das Fenster wieder zu, sonst kommen noch mehr«, sagt er über die Schulter.

»Ist vielleicht sowieso besser?«

»Du meinst, daß die schreit?«

Das Pferd wiehert: »Bei mir schreien sie doch alle, Mann!«

Als die Hand des Langen auf ihrem Bauch ist, greife ich zum zweiten Mal an.

»So ein Biest!« flucht er. Doch als seine Linke auf seine Rechte klatscht, bin ich weg.

Nun schiebt er ihre Schenkel auseinander, und ich bin abermals da.

»Schau dir mal diesen Knaben an«, lacht er. »Der ist wohl lebensmüde?«

Das ist das letzte, was ich hörte. Der Finger, mit dem er mich zermalmt hat, war wohl sein Zeigefinger. Beschwören könnte ich es nicht.

3

Das war es, mein Freund. Wie? Das ist doch nicht Ihr Ernst? Die wollen uns hinauswerfen?

Sie wollen uns wirklich schon rauswerfen, junger Mann? Ist das die Stadt, die niemals schläft? Also gut, dann geben Sie her. *Mir* sollen Sie sie geben. Ich bitte Sie, mein Freund: Sie werden mir doch nicht im allerletzten Augenblick die Freude an diesem Abend verderben? Bedienen Sie sich, junger Mann: Visa, Diner's, American Express...

Wann geht Ihre Maschine, haben Sie gesagt? La Guardia oder JFK? Da haben wir ja noch mindestens zwei Stunden! Ins Bett werden Sie doch nicht mehr wollen? Außerdem haben Sie doch jetzt sicher ein paar Fragen? Wissen Sie, was? Hier an der Ecke gibt's ein Lokal, wo wir bestimmt schon ein Frühstück kriegen. Was halten Sie von Spiegeleiern mit Schinken, einer großen Kanne Kaffee?

Ich? In der gleichen Siedlung, in der ich gestorben bin. Mit der sogenannten Seelenwanderung ist's nämlich tatsächlich nicht weit her. Man bleibt mehr oder weniger in der Gegend und wartet auf die Geburt des Körpers, zu dessen Gesellschaft man verurteilt ist.

So an die vierzehn Tage vielleicht. Es waren ja dann bald Weihnachtsferien, und damit kam auch wieder Leben an den Strand. Menschliches Leben, meine ich. Meine hochschwangere Mutter war zum Beispiel an Silvester mit meinem Vater auf dem Motorrad herausgekommen. Drei Kilometer hinter der Siedlung haben sie angehalten, um im Meer zu baden, und dabei ist es dann passiert. Jedenfalls haben sofort nach der Ankunft die Wehen eingesetzt, und da sie sich weigerte, nochmals aufs Motorrad zu steigen, hat mein Vater zwei Halbwüchsigen die Zündschlüssel gegeben, damit sie von der Siedlung aus nach einem Krankenwagen telefonierten. Die beiden haben sich dann aber nicht mehr blicken lassen. Und telefoniert hatten sie natürlich auch nicht. So bin ich denn mit Hilfe meines Vaters und eines couragierten Bikinimädchens in geringer Distanz von meinem Sterbeort im Schatten einiger Palmen zur Welt gekommen. Von dort haben sie mich später zur Siedlung gebracht. Sicher hat das freudige Ereignis unter den Ferienhausbesitzern wenigstens für ein Stündchen die Gespräche über den Lustmord des Kühlschrankfabrikanten verdrängt.

Meiner Mutter hab' ich weniger Freude gemacht: Mein Vater hat sie dann nämlich trotzdem nicht geheiratet. Und auch um mich hat er sich nicht gekümmert. Wahrscheinlich hätte ihn mein Anblick zu sehr an den Verlust seines Motorrads erinnert, hat sie später einmal gesagt.

Meine Mutter? Nun, zunächst hat sie noch ein bißchen als Verkäuferin herumgekämpft. Weil sie mich da nicht dabeihaben konnte, ist sie schließlich in den Haushalt, wo dann das Familienoberhaupt natürlich oft Zusatzdienste von ihr verlangte. Eines Tages hat sie sich wohl gesagt, daß sie das auch ohne Putzarbeit haben kann. Von da an ist sie tagsüber bei mir gewesen und nachts auf dem Strich.

Klar habe ich es ihr gesagt. Sobald ich sprechen konnte, habe ich ihr erzählt, daß ich vorher ein Mosquito gewesen bin. Doch sie hat es meiner kindlichen Phantasie zugeschrieben. Jedenfalls weiß ich genau, daß sie mich nicht einen Augenblick lang ernst genommen hat.

Als ich in die Schule kam, habe ich es dann nochmals bei unserem Religionslehrer versucht. Als er uns vom ewigen Leben erzählte, habe ich die Hand gehoben und mich als Sachverständiger gemeldet. Der Lehrer hat mich sofort zum Schularzt geschickt, und dieser hat mich schon nach wenigen stotternden Worten – »Ich wollte nur m...elden, daß ich eigentlich ein M...osquito bin« – in die staatliche Irrenanstalt eingewiesen. Einmal dort, habe ich natürlich tatsächlich wie ein Verrückter getobt. Sie gaben mir Elektroschocks. Das war damals das Universalrezept in solchen Fällen. Heute machen unsere Ärzte das nur noch bei den politischen Gefangenen. In höherer Dosierung natürlich.

Das Ganze hat ungefähr acht Tage gedauert, dann hat meine Mutter mich gefunden und herausgeholt.

Wie? Hat sie mir nie erzählt. Liebesdienste, nehme ich an, ein anderes Zahlungsmittel besaß sie ja nicht. Natürlich bin ich nach diesem Abenteuer mit meiner Geschichte vorsichtiger geworden.

Sie müssen mich nicht so mitleidig ansehen. Ich habe es ja später trotzdem zu etwas gebracht, nicht wahr? Und wahrscheinlich hat mir dabei gerade meine Vergangenheit geholfen: die Regeln für die Landung auf Personen ließen sich nämlich nahtlos auf die Politik übertragen. Vor allem die fünfte: Nie habe ich mich verleiten lassen, für meine Mitmenschen starke Gefühle zu empfinden.

Nur bei Frauen habe ich immer wieder Ausnahmen gemacht: Die wickelten mich zuweilen ganz schön um die hübschen Finger. Und auch meine Mutter bekam natürlich ihre Villa, wo sie bis zu ihrem letzten Stündchen die Dienstboten drangsalierte.

Heute könnte ich selbstverständlich auch gefahrlos über mein Vorleben reden. Meine Macht ist groß genug: Jetzt bin ich der mit dem Schlüssel zu den Irrenhäusern. Und das ist zugleich auch mein Problem. Wer wären denn meine Zuhörer: Feiglinge und Opportunisten, habe ich recht?

Nur auf Auslandsreisen erzähle ich zuweilen von meiner Erfahrung. In einer Nacht wie dieser zum Beispiel. Einem Mann wie Ihnen.

## 4

Aber selbstverständlich kriegen Sie eine Unterschrift, junger Mann. Schauspieler, habe ich recht? Bescheiden ist er auch noch! Und wann ist Premiere? Da bin ich leider nicht mehr hier, sonst hätte ich Sie mir vielleicht wirklich angeschaut. Dann viel Erfolg. *Mierda* sagen wir bei uns. Hier, das ist für Sie. Vielleicht brauchen Sie noch einen falschen Bart?

Also gut, dann gehen wir jetzt eben. Welcher Rivale – der Fabrikant? Klar habe ich später nachgeforscht. Er ist damals tatsächlich nach ein paar Wochen wieder draußen gewesen. Aber vier Jahre später hat er plötzlich Selbstmord begangen. Wieweit das mit jener fatalen Liebesgeschichte in Zusammenhang stand, kann ich natürlich nicht sagen. Einer seiner Söhne hat es mir erzählt, Pedrito, ich hab' ihn mir extra kommen lassen. Das ist der Ältere, genau. Sie haben aber wirklich genau zugehört, Donnerwetter!

Sein Vater habe sich geschäftlich übernommen, hat er gesagt, die Kühlschrankfabrik sei kurz vor der Pleite gestanden. Ich persönlich nehme an, daß er sich mit den Bestechungsgeldern übernommen hat. Einen Mord muß man sich nämlich auch bei uns noch etwas kosten lassen.

Mit Liebe hat es natürlich trotzdem zu tun gehabt. Ich meine, er ging ja nun auf die Fünfzig, und welcher Mann dieses Alters kriegt schon ein Mädchen wie diese Rosita in sein Bett, wenn er keine blühende Firma im Rücken hat? Denn darum geht es doch bei allen unseren Unternehmungen: Die Kühlschränke selbst haben es wohl keinem von uns angetan, stimmt's?

Da, sehen Sie sich diesen Wanst an, den Sie mit sich herumschleppen: Das mit der erotischen Ausstrahlung der reiferen Herren können wir uns einreden, wahrer wird es davon nicht. Oder hier: Diese Truthahnfalten an meinem

Hals, die dürren Beine unter meinen Maßanzughosen: Glauben Sie wirklich, daß ein junges Ding nur darauf wartet, an so was ihre Haut zu wärmen? Was sind wir Männer doch für Narren!

Hier, dieser wunderbare Kaschmirschal gehört doch sicher Ihnen?

Kann ich Ihnen sagen: Ihre hochschwangere Frau Mutter hat damals entweder einen Tiergarten oder eine Zirkusvorstellung besucht. Dabei kamen überraschend die Wehen – sie mußte an Ort und Stelle von Ihnen entbunden werden.

Woher ich das weiß? Weil Sie ein waschechter Yankee sind und weil es das Tier, das Sie vorher waren, in Ihrer Heimat sonst nirgendwo gibt!

In einem Haus auf dem Zoogelände haben Ihre Eltern gelebt? Wieso denn das?

Der Sohn eines Zoodirektors! Aber klar freut mich das! So genau treff' ich's selten!

Nein!... Nein, das darf doch nicht wahr sein! Sie sind ein leibhaftiger Zoologe, ist das Ihr Ernst? Das erklärt natürlich auch ein wenig Ihr Interesse an meiner Geschichte! Daß ich darauf nicht selber gekommen bin? Ein Zoologieprofessor aus Berkeley! Ich werd' verrückt.

Also gut, unter diesen Umständen waren Sie wohl zum Zeitpunkt Ihres Todes in Ihre Wärterin verknallt. Oder in Ihren Wärter. Das mit dem Geschlecht funktioniert ziemlich unregelmäßig, wie Sie sehen. Vor allem, wenn einer hinter Gittern hockt, da nimmt er natürlich, was ihm vom Schicksal zugeteilt wird. Aber können Sie sich wirklich an nichts erinnern? Nicht an das kleinste Detail?

Selbstverständlich waren Sie verliebt! Die Sünde, für die man uns straft, ist immer Liebe. Die Menschen zu hassen ist normal. Sie zu bemitleiden noch normaler. Auch das rein animalische Begehren wird uns verziehen. Nur die Liebe vergibt man uns nicht. Die Liebe zu einer solchen Kreatur ist durch nichts zu entschuldigen: Das ist die Perversität, für die sie einen büßen lassen. Mein lieber Freund, diese Frage ist nichts weniger als die nach der Qualifikation Gottes. Ich zum Beispiel denke über das Warum schon längst nicht mehr nach. Ich weiß nur, daß ich als Mosquito immer ein ziemlicher Außenseiter gewesen bin. Irgendwie war ich wohl für diesen Sündenfall prädestiniert.

Und während wir hier so reden, verfällt vielleicht schon der nächste unserem Charme. So eine Kakerlake wie die da: Ich meine, was hat sie davon, wenn sie sich hier so herumtreibt? Warum macht sie es nicht wie ihre restliche Sippschaft und wartet, bis das Licht ausgeht? Sie muß doch wissen, daß sie mit dem Leben spielt! Still... Merken Sie's? So ist das immer. Kurz bevor es zu dämmern beginnt, gibt es hier diese magische Viertelstunde. Der Verkehr ist dann wie weggezaubert, und sogar die Wolkenkratzer werden irgendwie menschlich. Da, sehen Sie: Wie Gentlemen stehen sie jetzt um uns herum. Warten höflich darauf, daß wir uns endlich verabschieden. Aber wir gehen ja schon, meine Herren, gleich sind Sie unter sich!

Mein Buch! Das hätte ich jetzt tatsächlich vergessen, vielen Dank.

Nein, da können Sie mich noch so sehr bitten, ich sage es Ihnen nicht. Das erkennen Sie nämlich jetzt mit einem einzigen Blick in den Spiegel. Vor allem als Zoologe, ich bitte Sie.

Aber wenn ich es so bedenke: Dabeisein würde ich nach dieser Nacht eigentlich schon ganz gerne. Gibt es hier denn nirgendwo einen Spiegel? Der Aufzug war doch mit Spiegelglas verkleidet, habe ich recht? Kommen Sie, mein Lieber, eine kleine Überraschung werden Sie ja wohl ertragen? So etwas wie Sie trifft man wahrhaftig nicht alle Tage!

Aber was ist denn, Sie haben doch keine Angst? Kommen Sie, mein Freund, kommen Sie!

Carol Clewlow

# Anleitung zum Ehebruch

304 Seiten, gebunden mit Schutzumschlag

Carol Clewlos Roman erzählt von einer Dreiecksbeziehung zwischen einem Mann und zwei Frauen. Im Mittelpunkt steht Rose, deren Liebesleben von der Maxime geprägt ist, »Du sollst keine andere Frau unglücklich machen.« Ehebruch scheidet damit selbstverständlich aus. Was aber tun, wenn all die interessanten Männer bereits in festen Händen zu sein scheinen? Roses feste Vorsätze geraten ins Wanken, als sie Paul kennenlernt, den glücklich verheirateten Bruder ihrer souverän ungebundenen Freundin. Obschon Rose von dessen Ehefrau weiß, stürzt sie sich in eine heftige Affäre, aber der Alltag holt die junge Frau bald wieder ein. Und es kommt so, wie es kommen muß, wenn ein Mann sich zwischen zwei Frauen entscheiden soll. Eine verliert immer... Mit leichter Hand und viel Witz beleuchtet Carol Clewlow die komplexe Problematik des Ehebruchs, Blitzlichter der Komik und Schatten des Schmerzes wechseln einander ab. Mit Carol Clewlow hören wir eine neue, ganz eigene Stimme. Ihr Roman rührt unmittelbar an und zielt ins Herz aufgeschlossener, aktiver Frauen. Wie verkraftet man beides, die eigenen Bedürfnisse und den Schmerz der »anderen«?

# Keto von Waberer im dtv

Foto: Isolde Ohlbaum

Blaue Wasser für eine Schlacht

Ein einfühlsamer psychologischer Roman über die »Liebeslebensgeschichte dreier Frauen – eine weibliche Familiensaga über drei Generationen« (Süddeutsche Zeitung). Eine ›Schule des Gefühls‹ und »ein Buch über das Lieben, so klug und so schön wie lange keines, einfühlsam und mit treffender Ironie beschrieben«. (Die Zeit) dtv 11090

Der Schattenfreund
Liebesgeschichten

Daß Gertrud sich einen Kurschatten zulegt, hat weniger mit purer Liebe zu tun als mit der Tatsache, daß Albrecht, ihr Mann, allnächtlich neben ihr liegt, als sei er ins Koma gesunken. Bei Frau Reinsbeck hingegen geht es im wahrsten Sinne des Wortes mit dem Teufel zu, daß sie plötzlich so höllisch gut ankommt beim anderen Geschlecht. dtv 11326

Die heimliche Wut der Pflanzen
Erzählungen

Eine junge Frau erholt sich nur mühsam von den Folgen ihrer gescheiterten Ehe. In der Großstadt isoliert verdient ihren Lebensunterhalt mehr oder weniger gelangweilt als Angestellte einer Galerie. Da verliebt sie sich eines schönen Tages in einen Besucher . . . dtv 11405

Der Mann aus dem See

Was macht eine Frau, wenn der Ehemann auszieht und der Liebhaber daraufhin »kneift«? Sie flüchtet zur besten Freundin. Was aber, wenn es sie dann magisch ins Bett von deren Freund zieht? – Daß die Macht der Erotik das Leben häufig nicht gerade vereinfacht, ist nur *eine* Erfahrung, die Keto von Waberer in diesen poetischen und doch schonungslos ehrlichen Erzählungen beschreibt.
dtv 11564 (August 1992)

# Charles Bukowski im dtv

Foto: Bettina Morlock-Kazenmaier

Gedichte die einer schrieb bevor er im 8. Stockwerk aus dem Fenster sprang
dtv 1653

Faktotum
Ein illusionsloser Roman über einen Mann, den die Ansprüche bürgerlicher Moral nie gequält haben, der nur eines will: Überleben – essen, trinken und gelegentlich eine Frau.
dtv 10104

Pittsburgh Phil & Co.
»Stories vom verschütteten Leben«, Kurzgeschichten, in denen »primitive« männliche Bedürfnisse und Regungen artikuliert werden.
dtv 10156

Ein Profi
Der zweite Teil der »Stories vom verschütteten Leben«.
dtv 10188

Das Schlimmste kommt noch oder Fast eine Jugend
Bukowski erzählt in diesem autobiographischen Roman die Geschichte seiner Jugend im Amerika der zwanziger und dreißiger Jahre.
dtv 10538

Gedichte vom südlichen Ende der Couch
dtv 10581

Flinke Killer
Gedichte
dtv 10759

Nicht mit sechzig, Honey
Gedichte
dtv 10910

Das Liebesleben der Hyäne
Henry Chinaski ist auf Erfolgskurs. Man reißt sich um ihn, und die Ladies geben sich in seiner Wohnung buchstäblich die Klinke in die Hand.
dtv 11049

Pacific Telephone
51 Gedichte
dtv 11327

Die letzte Generation
Gedichte
dtv 11418